Dieter Gerhard

# Rudolph
## Das Rentier mit der leuchtenden Schnauze

**Eine Weihnachtsgeschichte
wie Rudolph zum Frontier des
weihnachtliche Schlittengespannes
wurde**

Foto Umschlagseite: Gerhard Voss
"Rudolph"

Bibliografische Information der Deutschen Nationalbibliothek:

Die Deutsche Nationalbibliothek verzeichnet diese Publikation in der Deutschen Nationalbibliografie; detaillierte bibliografische Daten sind im Internet über http://dnb.dnb.de abrufbar.

© 2018 Name des Autors/Rechteinhabers:

Dieter Gerhard

Illustration: Dieter Gerhard

Herstellung und Verlag: BoD – Books on Demand, Norderstedt

ISBN 978-3-7528-4126-8

Inhaltsverzeichnis:

# Rudolph
Das Rentier mit der leuchtenden Schnauze

# 1. Willkommen in der arktischen Toskana

Willkommen in der arktischen Toskana, dem Nordpol, der nördlichsten Stelle überhaupt, an der Drehachse der Erde, wo man von jeder Seite aus Richtung Süden schauen kann, wo alle Längengradlinien sich kreuzen und wo es nur zwei Jahreszeiten gibt, den Polarsommer und den Polarwinter.

In dieser Schnee-, Eis- und Geröllwüste ist - durch die Wanderung der Sonne - die nördliche Halbkugel mal etwas mehr und mal etwas weniger der Sonne zugeneigt, sodass man einen sechs Monate langen helllichten Tag und im Gegenzug eine sechs Monate lange düstere Nacht im Jahr hat.

Durch heftiges Schneegestöber hat sich in dieser rauen unberührten Landschaft ein weißes Tuch gelegt, wo, von Eisbären und Robben abgesehen, kein menschliches Leben existiert; wo lange Dunkelphasen, Extremkälte im Winter und relativ kühle Temperaturen im Sommer diese Region zu einem Lebensraum mit ganz besonderen Herausforderungen macht; wo man lieber an Malediven, Karibik oder Kanarischen Inseln denkt, als in der nordischen Eis-Oase zu bibbern.

Hier am nördlichsten Ende der Welt, in einem lebensfeindlichen Gebiet, in einer der

letzten abgeschiedenen Gegenden, hier liegt die magische Welt von unserem heutigen Santa Claus und seinen Helfern.

Es ist ein Dorf, wo gejubelt und gelacht, gesungen und musiziert wird, wo jeder etwas erleben und seinen Spaß haben möchte, wo jeder jeden Streich und Scherz versteht und für jeden Klamauk zu haben ist und wo man doch den Ernst des Lebens versteht.

Für Santa und seine Vorfahren war bisher der Heiligabend immer der schönste Tag im ganzen Jahr gewesen, denn wohin sie auch kamen, sahen sie das strahlende Lächeln von Kindern; von Kindern, die an Geschichten und Märchen und an den Weihnachtsmann glaubten. Er bringt ihnen Geschenke und auch wenn sie eines Tages im Schrank verschwinden, gegen anderen getauscht oder gar im Internet versteigert werden, so verschwinden zwar die Geschenke, aber der Glaube an den Weihnachtsmann wird von Generation zu Generation weiter bestehen bleiben.

Inmitten dieser Idylle steht wohl die größte Spielzeugwarenfabrik überhaupt, in der ständig ein reges Treiben herrscht. Es sind Elfen und Wichtel, die nicht nur Wünsche erfüllen, sondern auch Probleme lösen. Sie arbeiten das ganze Jahr, damit zum Weihnachtsfest alle artigen Jungen und

Mädchen erfreut werden. Dieses von Elfen und Wichteln geführte Haus ist das Herzstück von Christmas Village, der Stadt des Mannes mit der roten Kutte, den Schlitten und den Geschenken.

Ihm zur Seite steht Melvin, der Spielzeug-Direktor, Weihnachtsingenieur, Office Commander, auch Top-Manager Wichtel genannt oder einfach schreibkundiger Sekretär. Er übernimmt zwar bedeutende und verantwortungsvolle Aufgaben, steht aber in der Hierarchie immer unter dem Geschäftsführer.

Insbesondere sind seine Aufgaben, sich um die korrekte Abwicklung der Produktion zu kümmern, bei der Belegschaft Disziplin und Gehorsam zu schaffen und sämtliche Spezialaufgaben des Chefs zu erledigen.

Angefangen hatte das alles vor vielen, vielen Jahren. Damals hieß der Weihnachtsmann noch Father Christmas und war der Nachkomme von Väterchen Frost. Er war mit seinen Elfen und Wichteln auf dem Weg, ein geeignetes Zuhause zu finden, um seiner Idee nachzukommen, Geschenke herzustellen und den besonders braven Kindern damit eine Freude zu bereiten. Dabei zogen sie immer weiter Richtung Norden, in der Hoffnung bald auf ein annehmbares Domizil für sein Vorhaben zu stoßen.

Monate waren sie unterwegs und je nördlicher zu kamen, umso höher lag der Schnee. Father Christmas versank bis über die Knöchel in dem kalten Pulver, dass in seinen Schuhen zu Eiswasser wurde. Und auch seinem Gefolge ging es nicht anders. Sie bewegten sich stampfend durch den fast kniehohen Schnee, immer noch auf der Suche nach einem geeigneten Plätzchen.

Seit Tagen schon hatten sie weder Menschen noch Straßen noch Häuser oder andere Bauwerke gesehen. Plötzlich blieb Father Christmas stehen, schaute sich nach allen Seiten um und blickte dann nach oben. Genau über ihn befand sich einer der hellsten Sterne des Sonnensystems, der Stella Polaris oder auch Polarstern genannt und so sprach er:

»Wir sind angekommen.«

Alle Elfen und Wichteln fingen an zu jubeln, strahlten, lachten und triumphierten. Es war wie der hysterische Beginn einer Party, wie die zwanglose Sause ohne Alkoholgenuss. Ihre lange Reise hatte nun ein Ende gefunden, ihr neues Zuhause liegt vor ihnen.

Gemeinsam bauten sie die Fabrik auf und schon nach kürzester Zeit stellte Father Christmas fest, wie glücklich doch Geschenke machen können und so machten sie immer weiter und weiter und letztendlich

wurde die Herstellung und Schenkerei zu einem Fulltime-Job.

Ja lange ist es her, dachte sich Melvin, als er seinen abendlichen Spaziergang an der frischen Luft, machte. Father Christmas ist leider nicht mehr, aber sein Sohn Santa Claus führt nun die Fabrik weiter und nach ihm wird Little Santa den Job übernehmen. So werden die Merkmale der geheimen Identität von Generation zu Generation an die männlichen Nachkommen weitergegeben, damit die Weihnachtsdynastie nicht ausstirbt.

Es ist dunkel draußen, kalt und manchmal auch ein wenig gruselig, doch es schneit nicht. Eigentlich nicht gerade das beste Klima, um hier am Nordpol spazieren zu gehen, aber mit ein paar warmen Klamotten ist es dennoch die perfekte Art, den Tag mal so richtig gut abzuschließen.

Viele Elfen und Wichteln tun es und so trifft man immer wieder einige seiner Artgenossen.

»Guten Abend Melvin.«

»Guten Abend Candise.«

Candise ist in der Logistik tätig, wo sie Kuli, den Koordinator für die Planung, Abstimmung, Durchführung und Kontrolle des Güterflusses, kreativ zur Hand geht. Und kaum drüber nachgedacht war auch

schon die nächste Verneigung zu beobachten:

»Hallo Melvin.«

»Hallo Skip.« Sein Job befindet sich im Funkortungsgebäude, wo er sich in Satelliten einloggt, um unter anderem auch die Schornsteinmaße herauszufinden, damit Santa Claus ganz genau weiß, wie stark er seinen Bauch einziehen muss, um durchzupassen.

Melvin marschierte weiter, kam an einem Wichtel mit seiner Elfe vorbei, die wie besessen in den Himmel schauten.

»Weißt du«, sprach der Wichtel zu seiner Elfe, »es gibt keinen wissenschaftlichen Beweis dafür, dass dieses "Ich-wünsch-mir-was Sternschnuppen-Phänomen" wirklich funktioniert.«

»Also bei mit hat es immer noch hingehauen«, antwortete sie.

»Wirklich?«

»Na ja, meistens.«

»Hm …, tja vielleicht sollte ich es auch mal versuchen, schaden kann es ja nicht.«

»Bei dir wird es nicht funktionieren.«

»Wieso nicht?«

»Ist doch klar, du musst mit dem ganzen Herzen daran glauben. Sterne lassen sich nicht hereinlegen. Du musst bereit sein dir etwas zu wünschen und du musst bereit sein, daran auch zu glauben.«

Schmunzeln schlich Melvin sich an den Beiden vorbei, um sie ja nicht bei ihren Mutmaßungen zu stören und schon vernahm er, dass Gespräch zweier anderer Elfen war:

»Mensch ich habe gestern einfach zu viel gegessen und du?«

»Auch, einfach viel zu viel.«

»Sag bloß. Ich hatte gestern noch eine zusätzliche Schicht einlegen müssen, aber als ich mit meiner eigentlichen Arbeit fertig war, hatte ich mir ein paar Stücke von diesem leckeren Kürbiskuchen einverleibt. Mann war ich anschließend fertig. Es sollte ein Grundsatz dafür geben.«

»Wofür denn, dass die Mittagspause abgeschafft wird.«

»Nein, nur das Gusteau nicht immer so lecker kocht oder backt.«

Ja Gusteau war der Gourmet-Wichtel, der Küchenchef, der mit seinem Team von Commis jeden Tag aufs Neue aus einer traditionellen und kreativen Küche eine kulinarische Verbindung zaubert, die jeden empfindlichen Gaumen in eine

Sinnesexplosion verwandelte. Selbst bei seiner selbst gemachten Marmelade wünscht man sich, eine Scheibe Brot zu sein.

Melvin ging weiter. Plötzlich vernahm er die Stimme von Jari, einem schüchternen, zurückhaltenden, gehemmten Wichtel, der bei Komplimenten gleich rot wird und bei einer harmlosen Bitte um eine Gefälligkeit in Schweißausbrüchen verfällt.

»Elina?«, sprach er.

»Ja!«

»Alles Okay bei dir?«

»Ja alles Okay und bei dir?«

»Oh ja, es ist … ähm …, ja ist alles Okay, ja. Ähm, heute Abend ist doch Tanz und …, und …, wahrscheinlich hast du schon Pläne und so …«

»Nein eigentlich nicht«, unterbrach sie seine verworrene Ausdrucksform.

»Oh … nun … ähm …, wenn du willst, können wir uns da treffen. Elias, Mika und Jonne sind auch da, du weißt doch die Pistenreiniger aber wenn du …«

»Das wäre nett«, unterbrach sie ihn abermals.

»Ja? Toll.«

»Aber leider muss ich heute noch spät arbeiten. Ich habe nämlich die Spätschicht übernommen.«

»Oh, ähm, aber das ist kein Problem, du kannst …«

»Das würde ich wirklich gerne«, brach sie erneut sein Gerede ab.

»Nun, du kannst … jederzeit dort hinkommen. Ich meine, ich bin da und das sehr lange. Ich werde heiße Schokolade trinken und selbst gebackene Kekse essen, du weißt doch, es ist Weihnachtszeit.«

»Das ist so lieb von dir, dass du mich gefragt hast.«

Ja im Endeffekt sind Elfen und Wichtel nicht viel anders gelagert wie die Menschen auf den verschiedenen Kontinenten.

Melvin ging zurück in die Fabrikhalle. Für ihn ist die Arbeit noch nicht ganz zu Ende. Der Papierkrieg muss noch erledigt werden. Doch zuvor noch ein Abstecher bei Anni. Anni ist mit ihren Getränken für das leibliche Wohl der Mitarbeiter zuständig. Ihre Spezialität ist heiße Schokolade. Schon von Weitem steigt einem der Geruch von gerösteten Macadamianüssen, fruchtigen Beeren, feinstem Marzipan, edlen Zedernhölzern, orientalischen Gewürzen und einer ausgewogenen Orangenblüte in die Nase.

Sie schafft es immer wieder, beim Erwärmen der Milch keine Haut zu erzeugen. Ihr Trick ist es, die Milch im Kochtopf langsam zu erwärmen und sie dabei ständig umzurühren. Dabei verhindert sie das Entstehen der lästigen Haut.

»Elfe Anni«, rief Melvin, als er vor dem Ausschanktresen stand.

»Komme sofort«, antwortete sie lautstark aus der Küche. Kurze Zeit später erschien sie, bekleidet mit einer kakaoverschmierten exotischen Schürze und einen Kochlöffel in der Hand.

»Anni, so bezaubernd wie eh und je«, entgegnete Melvin ihr.

»Oh, du hast meine neue Strumpfhose bemerkt? Ich habe sie selbst genäht.«

Melvin beugte sich vorsichtig über den Tresen, linste hinunter, und während Anni ihren Kopf in den Nacken warf, dabei sich im Kreis drehte, Melvin auffordernd anschaute, sah er ihre langen, langen Beine, die von einer rot/grün geringelten Strumpfhose umhüllt waren.

»Mann du hast aber auch Beine«, bemerkte er.

»Ach was du alter Schmeichler, das sagst du bloß so. Schließlich bin ich kein Junghuhn mehr. Also, was kann ich für dich tun?«

»Kannst du mir eine heiße Schokolade machen, mit zwei Stück Zucker bitte?«

»Eine Schoki extra heiß mit zwei Stück Zückerchen, kommt sofort.«

Während er auf die frisch zubereitete Schokolade wartete, beobachtete er das Geschehen in der Halle. Eine Elfe stürmt herein und frohlockte:

»Guten Morgen ist das nicht ein wunderschöner Tag? Es liegt Schnee in der Luft, ich kann es förmlich fühlen.«

»Toll«, entgegnete ihr ein Wichtel. »Das bedeutet, dass ich wieder Schnee schippen muss.«

»Es wird schneien?«, fragte ein weiterer Wichtel, »und das mitten im Winter?«

Schon fingen alle an, zu lachen. Es sind diese lockeren Sprüche, die immer wieder auftauchen und zum Lachen anregen, aber eigentlich lachen sie immer.

»Wo kein Schnee liegt, kann gerannt werden«, bemerkte dann ein weiterer Wichtel.

»Schnee kann auch schwere Folgen verursachen, zum Beispiel rote Nasen«, schoss ein weiterer Wichtel hinterher und schon erhob sich das Gelächter von Neuem.

Plötzlich befand sich die Send-to-Claus-Postelfe Kristeen in Melvins Blickfeld. Mit großen, langen Schritten kam sie auf ihn zu.

»Hier sind die neuen Wunschlisten, kannst du sie mir abzeichnen?«, sprach sie.

»Leg sie mir auf den Schreibtisch, ich schaue sie mir später an.«

»Später? Kein Problem. Wir könnten Weihnachten auch dieses Jahr einfach verschieben. Ich bin sicher, das merkt keiner. Wie wäre es denn mit Silvester oder mit deinem Geburtstag? Du hast doch einen Geburtstag, oder?«

»Ja natürlich, jeder hat einen Geburtstag und fast jeder feiert dieses Wiegenfest. Allerdings liegt meins noch weit in der Zukunft.«

»Gut! Kinder pustet die Kerzen wieder aus, Weihnachten wird sich um Wochen, wenn nicht sogar um Monate verschieben.«

Dabei drehte sie sich um, erhob den Arm, und während sie fortging, wedelte sie die Liste mit dem erhobenen Arm.

»Ist ja gut. Gib her, ich schaue sie mir kurz an.«

Daraufhin machte Postelfe Kristeen kehrt und ließ sich die Liste, nachdem Melvin sie kurz durchstöbert hatte, abzeichnen.

Inzwischen war auch die Schokolade mit Orangengeschmack und gekrönt mit einem Sahnehäubchen fertig. Mit dem Becher in der Hand ging Melvin durch die Fabrikhalle hin zu seinem Büro.

Es ist ein spartanisch eingerichteter Raum mit einem Schreibtisch, der übersät ist mit unerledigten Notizen und noch ausstehenden nicht zu realisierbaren Wünschen; sowie ein Regal, also ein Schrank ohne Türen und ohne Rückwand, in dem Ordner stehen, in denen wiederum chronologisch, alphabetisch und thematisch sortierte Vorgänge abgeheftet wurden.

Melvin setzte sich an seinen Schreibtisch, schob sämtlich Unterlagen beiseite, lehnte sich zurück und legte dabei seine Füße auf den Tisch.

Mit geschlossenen Augen und in Gedanken versunken, erinnerte er sich an früher.

## 2. Ein Motorrad mit dynamischem Antrieb für Santa oder lieber ein neues Rentier?

Ja damals. Damals, als Father Christmas noch die braven Kinder beschenkte, da hatte er nur ein einziges Rentier, hinter dem er einen leichten, zweisitzigen Schlitten angespannt hatte. Es war ein Holzschlitten mit weit nach vorn gezogenen skiartigen Kufen, Seitenschutz, Blattfedern, Sitzregulierung und als Zusatzposten, eine Kurbelfeststellbremse. Eine Mechanik, die aus Holz und Stahl gefertigt wurde und beim Betätigen sich an beiden Seiten des Fuhrwerkes mit je einer Kralle ins Eis oder in den Schnee grub. Ein Fortschritt, der begeisterte. Der Aufbau dieses außergewöhnlichen Fuhrwerkes war dunkelblau, die Kufen rot und die Polsterung der Sitzbank altrosa.

Dabei sollte die dunkelblaue Farbe des Fuhrwerkes die Kälte des Winters symbolisieren. So hatte auch Father Christmas damals schon einen langen weißen Rauschebart, eine Knollennase und trug einen mit weißen Pelz besetzten Mantel, allerdings in Blau.

Roter Mantel, Pudelmütze mit Bommel und einem langen weißen Bart, so kennt man ihn heute. Doch das Bild des

Weihnachtsmannes, das sich stark an die Figur des Heiligen Nikolaus anlehnte, der in Myra als Bischof wirkte, hatte mit diesem Erscheinungsbild nichts zu tun, denn der Bischof trug zwar einen Mantel, doch dieser sollte keineswegs rot gewesen sein.

Wenn man der Limonadenhypothese nachgeht, so soll der amerikanische Getränkehersteller vor fast hundert Jahren seine größte Weihnachts-Werbe-Aktion gestartet haben, wobei er den Weihnachtsmann mit dem Pausbackengesicht, der dem lächelnden Kind auf der Zwieback-Packung von Carl Brandt ähnelt, in einem rot/weißen Outfit präsentiert haben. Diese Farbgebung hatte sich dann ganz schnell in den Köpfen der Menschheit eingeprägt und so erhielt auch der Schlitten eine neue Lackierung.

Der primäre Schlitten wurde seinerzeit von nur einem Rentier gezogen, die Pakete einzeln verstaut und die Auslieferung kurzerhand durchgeführt. Doch dann kamen immer mehr Kinder zur Welt und der Schlitten musste von zwei Rentieren in einer Tandemspannung gezogen werden. Dann baute man unter dem Sitz des Schlittens eine zusätzliche Ladefläche, um weitere Pakete befördern zu können.

Letztendlich reichte das auch nicht aus und so wurde aus einem zweisitzigen

Zweispänner ein Viererzug, danach ein Wildgang mit zwei Stangen- und vier Vorderrentiere und zuletzt ein Gespann aus zwei Vorder- und sechs Stangenrentieren.

Dem Schlitten wurde ein besonders langes Kufen-Gestell angepasst. Dazu wurde er total entkernt, alles herausgenommen und auseinander geflext. Geeignete Vierkantrohre aus massivem Stahl mit einer rostfreien Oberflächenveredelung bildeten die Grundlage der Verlängerung. Der Schlitten brauchte solche Implantate, damit er nicht durch das Gewicht der Geschenke durchhängt.

Das Vorderteil wurde strömungsgünstig geformt und der Aufbau vergrößert. Neue Stellflächen wurden geschaffen. Hinzu kamen noch stärkere Federn, stabilere Kufen-Aufhängungen, eine verbreiterte Spur sowie breitere dickere Kufen für bessere Bodenhaftung und Landung.

Das Chassis verfügte über vier Kufen, wovon die vorderen zwei auf einer Pendelachse lagerten und die hinteren zwei starr verblieben. Eine Anhängerkupplung mit schwenkbarem Kugelhals wurde angebracht, um zukünftigen Erweiterungen vorzugreifen. Seitenteile wurden aerodynamischer gestaltet, um einen besseren beweglichen Auftrieb zu erzeugen.

Mit diesem stylistischen, nicht ungefährlichen Ungetüm von monströser Stärke flog Santa Claus jahrelang am Heiligabend durch die Weltgeschichte, um Kinder zu bescheren. Von Elfen und Wichtel gebaut, ist dieser Koloss entwickelt worden, um gute Laune, Glücksgefühl und Frohsinn zu verbreiten.

Eines Tages, Melvin hatte zur Mittagszeit sein Büro verlassen, um sich in der Betriebskantine auf die Suche nach was Essbarem zu machen. Der Speisesaal der Betriebskantine vermittelt durch seine hellen Wände und dem modernen Design ein besonderes Flair. Hier wird frisch gekocht und dabei mit einer Mischung aus Tradition und Kreativität eine kulinarische Verbindung gezaubert.

Derartige Betriebsrestaurants leisten einen wesentlichen Beitrag zur Kommunikation. Man kommt regelmäßig zusammen und hält auch kurze Meetings ab. Elfen und Wichtel haben hier, losgelöst vom Arbeitsplatz und in angenehmer Atmosphäre, die Möglichkeit, sich mit Kollegen zu besprechen.

Am Tresen eine Schlange von hungrigen Mäulern. Melvin reihte sich ein, stellte ein Servierbrett auf die Tablettrutsche sowie Besteck und Serviette und bewegte sich

langsam voran. Als er an der Ausgabefläche ankam, erblickte ihn Elfe Elif.

Elfe Elif ist die Frau von Santa Claus, die an einem Heiligabend als Findelkind in Father Christmas Schlitten gelegt wurde, als er gerade während seiner Weihnachtstour eine Pause einlegte, um sich eine Pfeife mit wohlriechenden Kräutern zu stopfen. Da er aber zur gleichen Zeit Vater wurde, nämlich mit Santa Claus, übernahm Melvin die elterlichen Pflichten.

Erst Jahrzehnte später, als Santa Claus bereits den Job des Weihnachtsmannes übernommen hatte, fiel ihm auf, dass Elif aus einem Pulk von Elfen und Wichteln wie eine einzelne Blume auf einer grünen Wiese herausschaute und schon bemerkte er, wie nah Sex and the City an der Realität war, wie schnell Amor mit dem Pfeil an der Tür klopfte.

Melvin stand immer noch an der Essenausgabe als Elfe Elif heraneilte und wie ein Hund hechelte, als wenn sie gerade durch Joggen die dick machende Wirkung ihres Frühstücks ins Gegenteil versetzen wollte.

»Ich habe dich überall gesucht«, sprach sie.

»Was gibt es denn so Wichtiges?«

»Ich muss unbedingt mit dir reden.«

»Jetzt?«

»Ja jetzt!«

»Normalerweise wartet man stundenlang auf das Essen, aber hier wartet man stundenlang auf das Tablett eines Hungerleiders«, bemerkte die Ausschank-Elfe Melena und sah dabei vorwurfsvoll Melvin an, der sich gerade mit seinem Tablett von ihr abgewandt hatte.

»Wenn du die Teller schneller füllen würdest, würde sich die Schlange schneller bewegen«, entgegnete ihr Elif.

»Essen ist viel mehr als nur eine Nahrungsaufnahme. Essen ist Kultur und kann zu einem sinnlichen Geschmackserlebnis werden. Das Auge isst bekanntlich mit und wenn die Speisen ansprechend dargereicht werden, werden alle Sinnesorgane angesprochen. Dazu gehört auch eine auserlesene Dekoration. Und so was braucht nun mal eben seine Zeit.«

Beeindruckt von der Umschreibung stand Elfe Elif da und ließ sich die Worte auf der Zunge zergehen. Melvin hingegen sprach zu ihr:

»Willst du denn gar nichts essen?«

»Nein, ich bin schwer beschäftigt mit meiner These.« Daraufhin stellte Melvin sein Tablett zurück und ging ein Stück zur Seite.

»Mit was für einer These bist du beschäftigt?«, fragte er. »Willst du den Mittagstisch auf Convenience-Food umstellen, das Essen für die ganze Woche vorfertigen lassen und am Ausgabetag nur noch erhitzen?«

»Nein, natürlich nicht! Hat auch nichts mit dem Essen zu tun. Ich wollte mit dir über die Tiere reden.«

»Über welche Tiere?«

»Na über unsere Tiere natürlich, über unsere Rentiere.«

»Hm …«, überlegte Melvin. »Dann lass uns ins Büro gehen. Dort können wir ungestört reden.«

»Ich besorge uns schnell noch einen Kaffee.«

»Ja eine Dosis Koffein auf leeren Magen kann wohl nicht schaden«, bemerkte er sarkastisch.

Elfe Elif hat eine große Vorliebe für die Rentiere. Regelmäßig besucht sie die Tiere, spricht mit ihnen, putzt und striegelt sie und hilf Nereus, den Stableman Wichtel, bei der Fütterung. Manchmal macht sie auch einen Ausflug mit ihnen und bewegt sich feinfühlig

und geduldig über die schneebedeckten Hügel.

»Ich habe mir Gedanken um die Rentiere gemacht«, sprach sie, als sie mit zwei Kaffeebechern in Hand das Büro betrat.

Sie stellte die Becher ab, zog ein Dokument aus ihrer Hosentasche, faltete es auf und legte es auf den Schreibtisch. Melvin nahm es und schaute es sich an. Es war eine Übersicht mit numerischen Daten, die in einem grafischen Format angezeigt wurden, in einem Balkendiagramm. Frei nach der Devise: Ein Bild sagt mehr als tausend Worte.

»Weißt du Papa«, fuhr sie weiter fort, und wenn sie so erst einmal anfängt, ihre nie mehr trennbare Verbundenheit zu Melvin damit ausdrückt, dann bedeutet das meistens, dass sie einen unerfüllbaren Wunsch durchsetzten will.

»Es ist für die Rentiere nicht einfach«, sprach sie und legte das ganze Gesicht in eine einzige Sorgenfalte. »Das Ausliefern an sich stellt einem ganz schön auf die Probe. Schließlich ist es kein Dreimeterlauf, wo es keine Schande wäre, wenn einem nach zwei Minuten die Puste ausgeht und man dann erstmal eine halbe Stunde Pause machen muss. Der Schlitten ist voll beladen und muss mit seinem tonnenschweres Gewicht durch die Weltgeschichte transportiert

werden. Ein böswilliges Unterfangen. Hinzu kommt noch, dass man bestimmte Hausnummern oder Straßen einfach nicht findet, weil die Stadt, das Dorf, die Gemeinde neue Baugebiete erschlossen hat. Dann wird gesucht, gesucht und gesucht. So was kostet nicht nur Nerven und Zeit, sondern auch Energie, was die Tiere wiederum genommen wird und es ihnen schwer macht, den Transport weiter durchzuführen.«

»Ja und was hab ich mit dem allem zu tun?«

»Nun, du siehst hier auf meiner Projektion die Werte der Weltbevölkerung der letzten Jahre, sowie eine Prognose wie es in Zukunft aussehen wird. Danach nimmt die Bevölkerung drastisch zu, was wiederum für uns bedeutet, dass wir immer mehr Kinder zu beschenken haben.«

»Äh …, ich verstehe immer noch nicht, was du willst? Wir haben den Schlitten der Zukunft gebaut, ihn radikal verändert. Seine Auslastung ist noch längst nicht erreicht und wenn die erreicht ist, haben wir noch den Schlittenanhänger.«

»Ich rede nicht über den Schlitten.«

»Nein? Von was denn?«

»Na von den Rentieren.«

»Was haben die Rentiere mit der Kapazität des Schlittens zu tun?«

»Nichts! Es geht auch nicht um die Kapazität, es geht um das Bestreben der Tiere. Santa kommt jedes Mal später zurück und das liegt nicht allein daran, dass er in seinem Alter nicht mehr direkt von null auf hundert durchstarten kann.«

»Aha … und was sollten wir deiner Meinung nach dagegen tun?«

»Ich würde sagen, wir sollten uns so langsam um ein weiteres Rentier kümmern, um ein neues Fronttier.«

»Um ein neues Fronttier?«

»Ja!«

»Hm.«

Melvin war am Überlegen. Ein Rentier mal eben so zu beschaffen, ist nicht so ganz einfach. Es muss verschiedene Voraussetzungen mitbringen, muss fliegen können, teamfähig sein, sich anpassen können, stark, rüstig, nicht zu alt und immer gut gelaunt sein. Und vor allen, es muss an den Weihnachtsmann glauben.

»Wir hätten da was anderes in der Planung«, bemerkte Melvin. »Santa wird zukünftig nicht mehr auf dem Schlittenbock sitzen.«

»Nicht mehr? Warum nicht?«

»Wir sind dabei für ihn ein Motorrad mit einem dynamischen Auftrieb zu konstruieren und die mit einem High-Speed Gasantrieb zu versehen, der ihn mit einer Reaktionszeit von null Komma sieben Sekunden auf höchste Fluggeschwindigkeit bringen wird. Santa wollte schon immer mal mit einem Motorrad unterwegs sein und ich glaube, wir würden ihm damit seinen sehnlichsten Wunsch erfüllen.«

»Santa und Motorradfahren?«

»Ne, fliegen!«

»Äh fliegen. Ihr baut ihm so ein blechernes Zweirad?«

»Nicht irgendein Zweirad, wir bauen ihm das Zweirad, mit einer ganz neuen Auspuffanlage.«

»Und was ist mit dem Schlitten und den Tieren?«

»Das wird so weiter laufen. Allerdings wird der Schlitten dann nur noch als Transportfahrzeug genutzt. Dadurch werden auch die Rentiere entlastet.«

»Wieso weiß ich nichts davon?«

»Weil du eigentlich ein Plappermaul bist und ein Geheimnis nicht für dich behalten

kannst. Es soll eine Überraschung zu Santas nullten Geburtstag werden.«

»Aber es ist gar nicht so einfach, Santa zu überraschen. Ich habe es schon mehrmals versucht.«

»Ja deshalb muss er auch beschäftigt sein, das lenkt ihn ab.«

»Eigentlich will er auch gar keinen Geburtstag mehr feiern. Letztes Mal waren so viel Kerzen auf seinem Kuchen, dass der Rauchmelder losgegangen ist.«

»Seinen Geburtstag sollte jeder feiern und auch Santa wird seinen Geburtstag feiern, besonders seinen nullten, dafür sorgen wir schon. Er mag doch derartige Wiegenfeste die Freude und Geschenke bringen.«

»Aber das ist doch erst in drei Jahren.«

»Ja meinst du, dass die Entwicklung einer geeigneten Maschine von heute auf morgen geht, oder sehe ich aus wie Harry Potter, der mit seinem magischen Zauberstab Sprüche aufsagt und bums ist alles erledigt? Es müssen noch viele Experimente durchgeführt werden. Im Moment sind Schlitten-Michel und George der Mechanik Imp damit beschäftigt, ein Kristallschutzschild zu entwickeln, dass die Reibungshitze bei der Geschwindigkeit standhält. Santa darf schließlich nichts

passieren, die Welt braucht ihn. Das ist oberste Priorität.«

»Okay und bis dahin hofft ihr, dass Dancer, Dasher, Vixen, Prancer, Cupid, Comet, Blitz und Donner nicht unter der schweren Last zusammenbrechen. Oder?«

»Wie kommst du darauf?«

»Jedes Mal, wenn sie von ihrer großen Tour mit Santa Claus zurückkommen, sind sie äußerst geschwächt, wurden bis zur Erschöpfung ausgenutzt. Der Schlitten wird von Jahr zu Jahr bepackter und die Jüngsten sind sie auch nicht mehr.«

Elif erzählte von Nutztieren, von Löwen die Gazellen fressen, von Ameisen die Blattläuse melken und von Hunde und Katzen, die sich nicht von Salat und Gemüse ernähren. Sie lässt durch die Art, wie sie Dinge sieht, Tatsachen erkennen, von denen man eigentlich schon vorher wusste, dass sie längst erledigt sein müssten.

»Okay ich habe verstanden«, bemerkte Melvin. »Kümmere du dich um die Angelegenheit und berichte mir von dem Ergebnis.«

»Du ich habe gar keine Zeit, mich darum zu kümmern. Ich muss noch zu zwei Verabredungen, habe drei wichtige Gespräche zu führen und muss mir dann schon mal überlegen, was ich meinem

wundervollen Mann zu Weihnachten schenken soll.«

»Okay, dann werde ich mal darüber nachdenken.«

»Nachdenken allein hilft nicht, man muss auch intervenieren.«

»Beim Nachdenken ruhe ich immer ein wenig und wenn ich ruhe, verarbeitet ich bewusst Informationen, was mir hilft, wichtige Entscheidungen zu fällen.«

»Na dann schlaf mal nicht dabei ein. Heute Abend ist Tanz. Santa und ich werden auch da sein. Da kannst du mir von deiner Grübelei berichten.«

»Santa tanzt?«

»Ja der Mann weiß, wie man richtig hottet.«

»Wie man was?«

»Wie man schwoft, tanzt, herumwirbelt. Eine Sportart, wo Muskelaufbau, Motorik, Koordination und Gleichgewicht gefördert werden.«

»Santa und tanzen«, erstaunte es Melvin und schüttelte dabei den Kopf.

»Na ja manche nennen es tanzen, ich nenn es eine heiße Sohle aufs Parkett legen. Tja ich habe schon einen perfekten Mann … und einen verrückten Vater, Motorrad hä,

hä, hä. Wir sehen uns dann heute Abend. Tschüss Papi und Danke im Voraus.«

»Danke, wofür?«

»Na, das du meinem Vorschlag zustimmst.«

»Hm … Tschüss mein Kind.«

## 3. Ein Wettlauf sollte stattfinden, wo Rentiere um die Wette laufen

Ja so war sie, der Protegé von Melvin. Er hatte sie nach bestem Wissen und Gewissen aufgezogen und ihr ein liebevolles Zuhause gegeben. Doch schon lange ist sie nicht mehr die Kleine, die früher auf den Schoß von Melvin herumhüpfte, die sich jeder Anordnung versuchte zu widersetzten und die grundsätzlich mit Puppen spielte, die ihr nicht gehörten. Sie ist zu einer reifen Frau herangewachsen, hatte neue Gefühle in ihrem Leben entdeckt, machte Erfahrungen, wie sie jeder machte, und hatte sich letztendlich in Santa Claus verliebt. Seitdem kleben die beiden zusammen, wie Briefmarken auf einem Umschlag.

Melvin hatte total das Mittagessen vergessen. Er saß immer noch im Büro, nahm sich die grafische Darstellung von Elif zu Hand und schaute sich die entsprechenden Werte der einzelnen Balken an.

Eine kontinuierliche Steigerung ist zu verzeichnen, bei der Herstellung von Spielwaren sowie auch auf den Packlisten. Selbst, das die Zustellung von Mal zu Mal länger brauchte, ist einem der Balkendiagramme zu entnehmen.

Melvin gab Elif recht, es muss ein weiteres Rentier her. Wie, womit und woher ist nun seine Aufgabe, die Pflicht eines Office Commanders oder auch des Top-Manager-Wichtels, der rechten Hand des Oberhauptes christlichen Schenkens.

Während er weiter darüber nachdachte, kam ihn ein genialer Einfall, ein Wettbewerb sollte es werden. Ein Wettbewerb, wo Rentiere in Konkurrenz zueinander antreten und durch Lösungen ganz bestimmter alltäglicher, usueller und auch angehender Aufgaben, die beste Leistung erzielen sollten. Es soll eine demokratische Abstimmung vorgenommen werden, die durch ein Preisgericht entschieden werden soll, wobei selbstverständlich jede Elfe und jeder Wichtel mitwirken kann und so eine faire Abstimmung gewährleistet wird.

Zufrieden mit seinem brillanten Einfall, nahm er sein Klemmbrett unterm Arm, verließ sein Büro und machte sich auf den Weg in die Kantine. Doch die Kantine war bereits leer, denn die Mittagszeit war längst verstrichen. Melvin ging die Thekenzeile für die Essenausgabe entlang und erblickte die Elfe Melena. Sie war gerade dabei, die Edelstahlflächen des Verkaufstresens und des Speisenwärmers in einen einheitlichen Glanz zu versetzen.

»Ähm«, prustete Melvin um sich bemerkbar zu machen, worauf die Ausschank-Elfe aufhorchte und ihn anstarrte, als würde sich Melvin gerade in ein Schwarm Heuschrecken verwandeln.

»Ja?«, bemerkte sie daraufhin fragend.

»Ha, ha hallo Elfe Melena. Was hältst du davon, wenn wir …, ich, ich meine … verstehe das nicht falsch, du siehst nicht gerade verhungert aus, ich meine du bist … Nein dürr bist du auch nicht, im Gegenteil du hast schon eine Idealfigur. Aber trotzdem muss man ab und zu mal was essen und wenn du dir jetzt was zum Essen machen würdest, dann wäre es zauberhaft, wenn du dabei auch an mich … äh … denkst?«

»Wie kommst du darauf, dass ich mir was zu Essen machen will?«

»Na ich dachte ihr Commis isst immer erst, wenn die Küche wieder sauber ist.«

»Falsch! Wir essen vorher. Aber nach deinem konfusen Gerede zu urteilen, hat dich der Hunger hierhergetrieben.«

»Eigentlich mehr der Appetit.«

»Magst du Lachs?«

»Ja.«

»Geht mir genauso, nur blöd, dass wir keinen haben.«

»Oh«, erstaunte es Melvin. »Und nun?«

»Kleiner Scherz«, erfreute sich Melena und fing fürchterlich an zu lachen. »Ha, ha, ha du fällst auch auf jeden Scherz rein, ha, ha, ha. Aber ich wusste, dass du wiederkommst. Du kommst jeden Tag zum Essen, meistens als Letzter.«

»Tja manchmal ist die Zeit einfach schneller.«

»Kannst du eigentlich kochen?«, fragte Elfe Melena.

»Wer ich?«

»Nein dein Therapeut du Witzbold … natürlich du.«

»Als Elif noch klein war, da musste ich ab und zu mal kochen. Eigentlich konnte ich sehr fantasievoll kochen, aber die Ergebnisse landeten meistens im Mülleimer. Ich bin mal fast in der Badewanne ertrunken, weil ich gehört hatte, dass man Zwiebeln unter Wasser schneiden sollte, ja und beim Kartoffelschälen wurde ich zum Großverbraucher von Pflaster. Dann hatte ich mal eine Prise mit einem Pfund verwechselt und so das Essen versalzen. Ja und beim Milchaufwärmen für Klein-Elif, da sah der Herd anschließend aus, wie der Nordpol im tiefsten Schnee. Seitdem wird außerhalb gegessen.«

»Na dann hast du ja Glück. Ich habe dir was aufgehoben. Soll ich dir den Teller noch nett dekorieren oder kriegst du es so runter?«

»Das geht auch so.«

»Dann setzt dich. Ich bringe dir das Essen.«

Melvin setzte sich, nahm sein Klemmbrett zur Hand und es sah so aus, als wenn er hoch konzentriert nachdachte. Dabei machte er sich einige Notizen, Notizen über den Ablauf des Wettbewerbs.

»Die Tiere müssen zuerst auf ihren Gesundheitszustand untersucht werden, dafür ist der Medikus-Wichtel zuständig«, murmelte er sich in seinen Bart. »Für Unterkunft und Verpflegung muss sich Nereus, der Stablemen-Wichtel Gedanken machen. Dann muss eine Jury her, die vorher ausgelost werden sollte. Das alles werde ich am morgigen Symposium zu Sprache bringen, um in diesem speziellen Themenbereich Gedanken und Informationen mit den anderen auszutauschen.«

»Spricht du immer mit Bruder innerlich?«, fragte plötzlich Melena, als sie den Teller auf das Klemmbrett stellte.

»Das kann sehr unterhaltsam sein«, entgegnete Melvin ihr, »denn mein

innerlicher Bruder und ich haben vieles gemeinsam. Ich könnte natürlich auch gegen die Wand reden, ändert aber nichts an der Tatsache, dass man mit sich selber redet.«

»Na ja, manchmal können Selbstgespräche einem auch zu einem Psychopathen machen. Du weißt schon, Nervenheilanstalt, Medikamentencocktail, Gummizelle, Bett mit Gurten und so.«

»Echt?«

»Ja echt! Aber Selbstgespräche sind auch was Schönes. Na dann guten Appetit.«

Daraufhin verschwand sie und Melvin nahm lächelnd die Mahlzeit zu sich. Das Essen sah lecker aus, schmeckte herzhaft und würzig und hinterließ einen delikaten Nachgeschmack.

Nach dem anstrengenden Mal machte er erst mal Pause in seinem Büro. Danach erinnerte er einige Leiter und Manager-Wichtel über das Meeting am morgigen Tag. Santa Claus konnte er allerdings nicht erreichen. Der ist augenblicklich mit Elif in die Eiswüste gefahren, um sich die Nordlichter anzusehen. Es sind elektrische Ladungen, die von der Sonne abgestoßen werden und die mit einer ungeheuren Geschwindigkeit die obere Schicht der Atmosphäre streifen. Manchmal sehen sie

aus, als wenn eine Disco mit ihren in den Himmel strahlenden Scheinwerfern versucht, möglichst viele Gäste anzulocken.

»Tja so ist es eben«, murmelte Melvin sich in den Bart. »Wenn man der Boss ist, hat man Privatleben, soviel man will. Aber heute Abend will er das Tanzbein schwingen, dann werde ich ihn treffen.«

Der Abend kam. Melvin verließ sein Büro und ging hinüber in die Halle der Geschenkherstellung. Im Kellergeschoss dieser Produktionsstätte wurde seinerzeit in Eigenregie der werktätigen Elfen und Wichtel ein Raum hergerichtet, der als Veranstaltungsort für die Freizeitgestaltung und Feiern verschiedenster Anlässe gedacht war.

Es war ein Raum, der durch die Intensität der Farben, die von Pastelltönen bis zu stark pigmentieren Farben reichten, eine Harmonie ausstrahlte. Die klaren Formen und das Chic-Plus-Coolness gaben diesem Raum einen ganz besonderen Reiz. Auf der einen Seite ein fahrbarer Tresen, der an unterschiedlichsten Standorten platziert werden kann, um den Wunsch der Gäste maßzuschneidern.

Auf der anderen Seite die wichtigste Attraktion eines Tanzschuppens, eine Jukebox. Ein Gerät, das den ganzen Abend zum Tanzen auffordert. Es war ein Automat

mit nostalgischem Charme, der mit glänzendem Chrom, Glas, flimmernden Lichteffekten bestach und mit einem Schauer von Farben durchflutet war. Schon von Weitem lässt das Aussehen an die Zeit erinnern, wo noch wirklich Musik gemacht wurde und die einem das Herz höher schlagen lässt.

Weiße plüschbezogene Sessel und Bänke mit fester Polsterung und mit einer ausreichenden Sitzhöhe für Elfen und Wichtel sorgten für ein entspanntes Flair.

Die Möglichkeiten auszugehen sind hier am Nordpol arg beschränkt. Eine Partyzone mit weiß-nicht-was an Angeboten fehlt. Einzige Aussicht ist, in der freien Natur was zu unternehmen, wo die Virtualität unerschöpflich ist. Oder man trifft sich hier im Keller der Produktionsstätte, um so richtig zu entspannen, zu tanzen, zu lachen oder einfach gemütlich zusammen zu sein und den Alltagsstress zu vergessen.

Melvin betrat den Keller. Sein Blick schweifte durch den Raum. Er suchte nach Santa und Elif, die eigentlich mit ihren groß gewachsenen Staturen, sich von den kleineren Mitmenschen wie Riesen unterscheiden.

Eine Elfe kam auf ihn zu und forderte:

»Komm wir wollen tanzen.«

»Nein«, antwortete er forsch. »Ich kann nicht, ich will nicht, ich kann wirklich nicht.«

»Komm schon, deine Füße zappeln doch schon.«

»Nein, nein, nein. Das ist nur eine nervöse Zuckung, genau wie Ticstörungen im Gesicht.«

»Mhm …, bei dir Tics auch, nun komm schon«, dabei packte sie ihn am Schlafittchen und zog ihn auf die Tanzfläche. »Keine Ausrede jetzt wird getanzt. Auf, auf, los geht's.«

Doch dann das Entsetzen.

»Aaaiieee, Auuu, rahhhr«, schrie sie, als er sie mit seinen Fehltritten attackierte.

»Mit dem Tanzen scheinst du es wirklich nicht zu haben. Ich zeige dir mal, wie es geht. Du legst erstmal deine rechte Hand um mich herum und mit der anderen hältst du dann meine. So und nun bringe ich dir ein paar Grundschritte bei.«

Der erste Schritt begann und:

»Autsch«, ermahnte sie ihn.

»Siehst du, ich trampel dir schon wieder auf deine Zehen.«

»Na gut du Tollpatsch, dann lassen wir es und bewegen uns einfach vor und wieder

rückwärts. Das kann auch sehr romantisch sein.«

»Wenn du meinst.«

Melvin dachte gerade daran, wer eigentlich das Tanzen erfunden hatte. Wahrscheinlich die, die vor einer besetzten Toilette Schlange standen. Um ihren Drang zu unterdrücken, fingen sie an, tänzerische Bewegungen zu machen und veranstalteten so eine Live-Performance.

Grinsend bewegte er sich vor und zurück und bemerkte zugleich im Augenwinkel, dass Santa nach ihm winkte. Er war aufgestanden und wirkte dadurch noch größer, noch gewaltiger, noch exorbitanter, wie ein riesiger Schimanski-Teller rot/weiß.

Melvin winkte zurück, brach daraufhin den Tanz ab, brachte die Elfe zu ihrem Platz zurück und ging dann auf Santa zu.

»Melvin«, grüßte Santa und umarmte ihn.

Auch Elif war da, hatte allerdings schon Schlagseite und drohte bei einer außergewöhnlichen Bewegung aus dem Gleichgewicht zu geraten. Sie hielt ein halb volles Glas in der Hand und starrte hinein.

»Hallo Papachen«, rief sie und blickte dabei nur kurz auf. »Weißt du, ich mag es, wenn diese kleinen Perlchen im Glas aufsteigen.«

»Glaubst du nicht, dass du genug hast«, erwähnte Melvin.

»Das ist das Prickelndste, was ich je getrunken habe«, meinte sie.

»Du bist ja betrunken.«

»Bin ich gar nicht.«

»Doch, doch du fängst schon an, zu lallen.«

»Ich fange überhaupt nicht an zu lallen … Okay, okay, … vielleicht bin ich ein wenig … beschwipst … aber nicht mehr.«

»Was hältst du von einem starken schwarzen Mokka?«, mischte sich Santa ein.

»Ich hasse Mokka.«

»Was möchtest du dann?«

»Ich glaube, ich möchte nach Hause.«

»Gut dann lass uns gehen«, sprach Santa.

»Kommst du noch auf einen Absacker mit Papilein?«, fragte sie Melvin.

»Nein, ich glaube, du hast genug.«

»Dann bringst du mich aber ins Bett«, hauchte sie Santa an.

»Natürlich bringe ich dich ins Bett.«

Um sich weiteren Tanzaufforderungen zu entziehen, begleitete Melvin die Beiden und

bevor sich die Wege des Trios trennten, erinnerte er Santa noch kurz an das für morgen anberaumte Symposium.

## 4. Wir sind keine Zwerge! Wir sind Wichtel, allein schon zu erkennen an den spitzen Ohren

Frühzeitig wurde Melvin wach, wie immer und während er morgens bei Anni seinen Kaffee schlürfte, dreht Santa sich noch mal um. Für ihn beginnt der Morgen erst dann, wenn er ausgeschlafen hat, so gegen Mittag.

Das ist eben der Unterschied zwischen einem Untergebenen und dem Leiter eines wirtschaftlichen selbstständigen Unternehmens, einem Geschäftsführer, einem Magnaten, dem hohen Tier in Rot/Weiß. Er weiß, dass er sich blind auf das Durchsetzungsvermögen seines Spielzeug-Direktors verlassen kann, auf seinen Office Commander, Top-Manager, schreibkundigen Sekretär, auf seinen besten Freund, auf Melvin.

Die Welt am morgens ist nicht nur still, sondern auch sehr schön. Man sagt, dass Frühaufsteher Siegertypen seien. Die innere Uhr ist der Diktator, der dafür sorgt, dass rechtzeitig die menschlichen Organe hochgefahren werden.

Jeder Tag beginnt nach einem gleichen Muster: Er steht auf, mach sich fertig und geht dann in der eisigen Kälte der morgendlichen Dämmerung für eine halbe Stunde spazieren. Zuerst hatte er sich die

auswärtige Erfrischung für den Abend vorgenommen, doch – abgesehen von fehlender Motivation – saß er doch regelmäßig länger bei der Arbeit, weil unvorhersehbare Aufgaben immer wieder herannahten.

Im Gegensatz dazu hatte er morgens nie irgendwelche, schnell zu erledigende Arbeiten und außerdem ist es morgens wesentlich ruhiger, wenn die meisten noch schlafen. Man kann dann, in der Friedlichkeit der Frühe, sich besinnlich auf den Tag vorbereiten, Gedanken sortieren und verantwortungsvoll seine Aufgabe für den Tag abhaken.

Auch an diesem Morgen begab sich Melvin, nach seinem ausgedehnten Streifzug über das schneebedeckte Fabrikgelände, in die Fabrikationshalle und dort direkt zu Anni. Sie gehört auch zu den Frühaufsteherinnen und war gerade dabei, den Tresen des Bistros vorzubereiten, Zucker, Milch, Löffel und Servietten aufzufüllen. Als Melvin seine Hände ausgiebig anhauchte und sie dann noch ineinander kräftig rieb, sprach Anni zu ihm:

»Es ist wohl kälter draußen, als du es dir vorgestellt hast, oder?«

»Na ja, darum nennt man es auch Winter«, entgegnete Melvin ihr.

»Hm … warum musste Santa ausgerechnet hier sein Domizil aufschlagen, wo zwölf Monate im Jahr Winter ist.«

»Ach was, gehörst du auch zu denen, die lieber als Tourist an einem feinsandigen Strand auf der faulen Haut liegen möchten, mit Blick auf das türkis bis tiefblaue Meer und dabei ein limonenartiges Fruchtsaftgetränk in der Hand halten, natürlich mit Strohhalm, Cocktailschirmchen und einer auf einem Eiswürfel sitzenden Maraschino-Kirsche?«

»Mhm …«, überlegte Anni. »Eigentlich nicht. Was würde dann aus Weihnachten werden?«

»Siehst du. Unsere Aufgabe ist es nun mal, Freude nicht nur bei den Kindern zu verbreiten. Wir wollen den Menschen auch lehren, was Weihnachten wirklich bedeutet. Es geht dabei nicht nur um ein paar Geschenke, die viel kosten, es geht um die Familie und das Miteinander. Die Familie bis ins Innere zu kennen, sie zu respektieren, zu ehren und zu lieben ist das Wichtigste, was es gibt und Weihnachten bedeutet auch, Mitmenschen zu behandeln, als wären sie Angehörige. Wir sind Elfen und Wichtel, das waren wir schon immer und werden es auch immer sein. Unsere Aufgabe ist es nun mal, Freude auf der ganzen Welt zu bereiten,

denn wir sind es …, die Weihnachten zu dem machen, was es ist.«

»Wie recht du hast … Käffchen?«

»Käffchen!«

Anni verschwand in der Küche, um den Kaffee vorzubereiten. Währendes schaute sich Melvin die Tanne an, die jedes Jahr den Mittelpunkt der Halle schmückte. Stolz und schön stand die hohe Tanne da.

Skip der Funkwichtel gesellte sich zu Melvin. Er ist unter anderem für die Wetterprognosen zuständig und demzufolge auch zeitig im Funkortungsgebäude anzutreffen. Gerade zum Weihnachtsfest werden immerzu Augenbeobachtungen und Messergebnisse notiert, denn ohne seine eindeutigen Wetter- und Radarinformationen, würde sich ein Start mit den Rentieren als äußerst schwierig erweisen. Auf den Weg zu dem heutigen Symposium machte er bei Anni halt, um sich einen Kaffee mit auf den Weg zu nehmen.

»Ich liebe drei Dinge an so einem Baum«, sprach er. »Die schöne Form, das tiefe Gefühl und die wahre Empfindung.«

»Und den aromatischen würzigen Harzgeruch, dem angenehmen duftenden Waldaroma und dem Zitrus-Geruch eines frisch geschlagenen Baumes«, fügte Melvin noch hinzu.

Skip schnüffelte, zog in kurzen Zügen Luft hörbar durch die Nase ein.

»Stimmt, so habe ich es noch gar nicht vernommen. Es ist so ein würziger Geruch, so aromatisch frisch.«

»Findet ihr?«, fragte Anni, die plötzlich hinter den beiden auftauchte.

»Ja es hat etwas. Es belebt die Sinne.«

»Genau. Es unterstreicht auch den Typ«, bemerkte Anni dazu, »riecht warm, stark, anspruchsvoll und verführerisch.«

»Das hast du perfekt ausgedrückt«, meinte Melvin. »Manchmal stößt dir auch so ein süßer Geruch entgegen, so ein Zuckerwatte-Duftschwall.«

»So was lässt nach Romantik lechzen«, schwelgte Anni, schloss ihre Augen und schwebte gedankenversunken wie ein Gleitflugschirm dahin.

»Ja die Nase ist ein Geruchsidentifikator, wo sie ihre wahre Größe zeigen kann. Selbst die feinsten Geruchsnuancen kann sie wahrnehmen und voneinander unterscheiden. Und das sogar unter schwierigsten Bedingungen. Sie erlaubt es sogar, Gut und Böse voneinander zu unterscheiden, Recht und Unrecht gegeneinander abzugrenzen sowie Wahrheit und Lüge zu interpretieren. Ja unserer

Nasenarbeit entgeht nichts, nicht mal der allerkleinsten Spur.«

»Ja, da kriechen einem schon angenehme Gerüche in die Nase und bringen das Gehirn zum Kochen.«

»Manchmal riecht es aber auch nach getrockneter Erde, muffig und modrig, dumpf und ranzig, pestilenzialisch und feucht«, meinte Melvin gegensätzlich.

»Äh« … erstaunte es Anni auf einmal, riss erschrocken die Augen auf und fragte: »Muffig, modrig, dumpf, ranzig, von was redet ihr da eigentlich?«

»Na von dem Weihnachtsbaum da.«

»Von dem Weih …, ach … ich dachte, ihr redet von meinem neuen Parfum.«

»Du hast ein neues Parfum?«

»Ja, aber wenn ihr das nicht riecht, scheint es ja nichts Besonderes zu sein.«

»Doch, doch, es riecht wunderbar. Meinst du nicht auch Skip?«

»Doch klar, einfach wunderbar.«

»Ha-ha-ha, ich weiß, muffig, modrig, dumpf und ranzig.«

Daraufhin drückte sie den beiden den Kaffeebecher in die Hand und verschwand in der Küche. Melvin und Skip schauten sich an

und man sah, wie tausend latente Fragezeichen über deren Köpfe schwebten. Dann begaben sie sich in den Tagungsraum und warteten auf die anderen. Immer mehr trafen ein und letztendlich waren alle da. Der Stoffguffel Juan, der Gestalter für das visuelle Marketing Jan, die Send-to-Klaus-Postelfe Kristeen, der Logistik-Koordinator Kuli, der Schlitten Doktor Michel, der Mechanik-Imp George, Gusteau der Gourmet-Küchenchef, der Medikus-Wichtel und der Stallwichtel Nereus, nur Santa Claus fehlte noch.

Melvin ging zum Haustelefon, drückte die Freisprech-Taste, wählte die Kurzwahl für Santa Claus seinen Hausanschluss und lauschte. Es klingelte einmal, es klingelte zweimal, der Anrufbeantworter sprang an:

*Frohe Weihnachten. Wegen einer Störung wurde der Anruf an den hauseigenen Kaffeeautomaten weitergeleitet. Bitte spricht nach dem Signalton in den Filter, ich werde später aus dem Kaffeesatz lesen.*

Alles fing an zu lachen. Melvin legte auf und sprach:

»Und wenn wir uns alle wieder eingefangen haben, kann ich dann gleich zur Sache kommen.«

So ein Symposium kann sich in der Länge ziehen, wie Kaugummi unterm Schuh, wo man dann zum Ritter der Schwafelrunde mutiert. Doch im Allgemeinen werden die Meetings von Melvin kurz gehalten, wenn es nicht gerade durch Gelächter und Belustigungen unnötig in die Länge gezogen wird. Dann kam er zum Kernpunkt:

»Da unsere Produktion von Jahr zu Jahr steigt und um unsere Rentiere in Zukunft zu entlasten, habe ich mich entschlossen, ein weiteres Rentier vor den Schlitten spannen zu lassen.«

»Aber wir haben doch gar kein weiteres Rentier«, bemerkte Nereus. »Woher sollen wir ein annehmbares Tier herbekommen? Schließlich müssen sie eine gewisse Grundvoraussetzung mitbringen.«

»Schau doch mal im Internet nach. Vielleicht versteigern die gerade eins«, bemerkte Kuli, woraufhin das Gegröle von Neuem anfing.

»Sind wir hier beim Schrottwichteln?«, trug George noch bei, was zu einem weiteren schäkerhaften Lächeln beisteuerte.

Elfen und Wichtel sind ein sehr lustiges Volk. Sie sind prädestiniert dafür scherzhaft, einfallsreich, schlagfertig, humorvoll und schelmisch zu sein. Sie verschenken Glück und Freude und sind immer zu übermäßigen

Streichen aufgelegt, besonders bei ihren Kollegen. Das fördert ihren Lebensmut, die Arbeitsmoral, das Zusammensein, strahlt Fröhlichkeit, Herzlichkeit, Innigkeit und Hilfsbereitschaft aus. Sie sind nicht zimperlich und verteilen frei nach der Devise: Wer austeilt, muss auch einstecken können.

»Ich habe mir folgenden Sachverhalt vorgestellt«, unterbrach Melvin nach geraumer Zeit den Freudentaumel. »Wir werden ausgesuchte Rentiere einladen und ein Wettbewerb veranstalten, ein sportliches Ereignis über Schnelligkeit, Ausdauer und Intelligenz, wo wir von den ausgesuchtesten das brauchbarste herausfiltern. Ein Konkurrenzkampf unter den Rentieren.«

»Karl Marx hatte mal gesagt: Konkurrenz ist wie Kommunismus. Alle rennen auf ein Ziel zu, obwohl sie von vornherein wissen, dass sie dieses niemals erreichen werden«, erwähnte Skip.

»Ja in einer Beziehung hatte Karl Marx auch recht gehabt. Alle sollten gleichbehandelt werden, deswegen wollen wir die schwere Last des Schlittens auch auf ein weiteres Rentier ausdehnen, welches sich in einem harten Wettbewerb beweisen muss. Das neue Tier sollte sich präsentieren können, muss gesund und äußerlich ansprechbar sein.«

»Wow«, stieß der Stoffguffel aus sich hervor, schaute starr vorweg und ließ seinen Handteller im hohen Bogen vor seinem Körper von links nach rechts gleiten. »Ich sehe schon die Rentiere in Tütüs auf dem Catwalk der Haute Couture, mit hochhackigen Hufen, vollen rot lackierten Lippen, die in leicht nach oben strebenden Mundwinkeln münden, schmale gleichförmige nicht zu sehr geschwungenen Nüstern, hoch sitzende Jochbeine und von langen Wimpern umsäumte klare dunkle Augen«, belustigte er sich und brachte die anderen wieder zum Prusten, worauf ein Wort das andere gab:

»Vielleicht noch mit den Modell-Maßen 40-60-40, bei einem Stockmaß von 125 cm, einem Gewicht von 120 Kilo und einem BMI von nicht mehr als 77.«

»Und … und … und das beim Wettbewerb im Synchronbügeln, kicher-hi-hi-hi.«

»Wie wäre es mit der Disziplin: hundert Meter Spießrutenlauf?«

»Oder … oder zweihundert Meter Schlangestehen, jua, juaaa, hä-hä-hä.«

»Ja am besten im Posingslip, damit man möglichst viel von der Muskulatur sieht.«

»Haah, ha, ha, und morgen …, huch-hu-hu … und morgen steht dann in den

Christmas Village News: Sport, den die Welt noch niemals sah.«

Was gab das für ein schallendes Gelächter, ein Bellen, Grollen und Gackern. Dieser lockere Tonfall, diese erfreuliche Stimmung verzauberte und versetzte sie in eine aufgeregte Stimmung.

Als der Lachflash sich endlich legte, sprach Melvin:

»Was wir noch bräuchten, ist eine Jury. Wer will sich, freiwillig natürlich, zur Verfügung stellen?«

Plötzlich ließen alle ihre Blicke desinteressiert, resigniert und müde durch den Raum wandern. Einige schauten zur Decke und pfiffen dabei, andere zum Boden und summten vor sich hin.

»Halt Stop nicht alle auf einmal. Logistik-Koordinator Kuli, Mechanik-Imp und in Abwesenheit Elfe Elif werden die dreiköpfige Jury ergeben. Danke für das rege Interesse.«

In ihren Händen wird es nun liegen unter wachsamen Augen die Leistungen der Rentiere bei dem Wettstreit zu bewerten und den begabtesten herauszufiltern. Gleichzeitig bilden sie das Komitee für den Ablauf des Wettbewerbs, planen, organisieren, machen sich mit den sportlichen Disziplinen vertraut, sorgen für

einen entsprechenden Austragungsort und für ein erfüllendes Ambiente.

Zwei weitere Wichtel wurden auserkoren, anhand einer Liste, vor Ort die Spreu vom Weizen zu trennen. Damit sollen nur die infrage kommenden Rentiere - selbstverständlich unter Einhaltung aller Vorsichtsmaßnahmen - zum Nordpol gebracht werden. Wichtel sind dafür prädestiniert, dass man sie nicht bemerkt, da sie sich äußerst leise bewegen, eigentlich mehr tippeln. Außerdem sind sie klein, aber dafür stämmig gebaut. Und da sie es verstehen, unbemerkt zu kommen und wieder zu gehen, passiert es schon mal, dass man sie nur durch das Vorbeihuschen eines Schattens im Augenwinkel bemerkt.

Draußen in der weißen Landschaft ist ihre Anwesenheit im Allgemeinen nur an den kleinen Fußspuren im Schnee zu sehen, die nicht mal tief sind, da sie nicht besonders schwer sind. Meistens reicht die Dichte des Schnees unter den Füßen für deren Gewicht aus, um nicht mal einzusinken.

»Nereus«, sprach Melvin, »du wirst die beiden Wichtel nach Kräften unterstützen. Du bist ein erfahrener Rentierfachmann und kannst bei der Auswahl sehr behilflich sein.«

»Wer ich?«, fragte Nereus umsehend und zeigte dabei mit dem Zeigefinger auf seinen

Brustkorb. Alle sahen ihn an und nickten zustimmend.

»Ja klar … warum nicht. Zufällig kann ich ein wenig Zeit erübrigen. Kein Problem. Die Tiere muss man nicht unbedingt füttern, den Stall auch nicht Saubermachen, die …«

»Ist gut Nereus. Dafür wird sich schon jemand kümmern. Der Medikus-Wichtel wird dich begleiten.«

»Wow ein bisschen Urlaub machen, wollte ich schon immer.«

»Das ist kein Urlaub, das ist eine höchst wichtige Mission«, entgegnete Nereus.

»Richtig!«, bestätigte der Medikus-Wichtel, wobei er überlegte und nach kurzer Zeit bedenklich fragte: »Was für eine Mission?« Und schon war wieder das Gelächter im Gange.

»Oh ne«, bemängelte Nereus und fasste sich dabei am Kopf. »Kann ich nicht doch alleine gehen?«

»Äh … nein!«, ordnete Melvin an.

»War doch nur Spaß«, bemerkte der Medikus noch. »Und wann sollen wir den Nordpol verlassen, Melvin?«

»Sobald wie möglich.«

»Gut. Der Dringlichkeit nehmen wir dann den Santa-5000.«

Der Santa-5000 ist wohl der zeitmäßigste, wegweisendste und erfolgreichste Schlitten überhaupt. Wie schon die Zahl sagt, verfügt er über fünftausend Rentierstärken. Statt normaler Batterien wurden hier Raketenbatterien mit Gasantrieb verbaut. Schnelligkeit ist gefragt, denn wie sollte Santa es sonst schaffen innerhalb von knappen vierundzwanzig Stunden, die Kinder auf der ganzen Welt zu beschenken.

»Einspruch«, erwähnte Schlitten Michel. »Ihr nehmt den Kleineren, der reicht für euch Zwerge aus.«

»Wir sind keine Zwerge«, echauffierte sich Nereus. »Zwerge können im Waschbecken duschen, wir nicht. Wir sind Wichtel, das erkennt man allein schon an unseren spitzen Ohren.«

»Aha, ein Mister Spock-Verschnitt«, wurde erwähnt.

»Empfängst du mit deinen Ohren auch Satelliten-Fersehen?«, fügte die Send-to-Klaus-Postelfe Kristeen noch hinzu und alles brüllte wieder mal los.

Nachdem sich alles wieder beruhigt hatte, fuhr Schlitten Michel weiter fort:

»Ihr könnt den Fünftausender nicht haben. Santa hat wahrscheinlich wegen der Kälte mal wieder so geparkt, dass er nur noch direkt ins Haus springen brauchte,

wobei er die hintere Schlittenflanke als Rammbock eingesetzt haben muss. Zumindest sah sie aus, wie Cellulitis im Endstadium. Inzwischen ist alles repariert, nur der Lack ist noch nicht ganz trocken. Ihr könnt dafür den Dreitausender nehmen, den kleineren.«

»Okay das wäre geklärt«, erwähnte Melvin. »Ich weiß, dass ich auf euch zählen kann und dass ihr erfolgreich zu uns zurückkehren werdet.«

So wurde die Sitzung protokolliert und die Entscheidung für Einstimmung angenommen.

## 5. CRC sollte das Event heißen, die Crazy Reindeer Championship

Die Beschaffung eines Gegenstandes, eines Dings oder irgendeiner Sache ist manchmal mit der Neugier Wissensdurstiger behaftet, welche gestillt werden will. Ganz besonders dann, wenn es um das Interesse eines Rentieres bedarf. Es ist wie die Frage vor einem Date: Was ziehe ich bloß an? Ist weniger mehr oder mehr besser?

So tauchten Fragen auf, wie:

»Entschuldige, ich bin etwas neugierig, aber was wollt ihr mit Rentieren?«

»Die brauchen wir für unseren Betrieb«, antwortete Nereus, was natürlich gleich die nächste Frage aufwarf:

»Was ist das für ein Betrieb?«

»Na ja …, wir sind wohl die größte internationale Spielwarenfabrik der Welt, stellen her und exportieren in alle Länder.«

»Aha, und wo liegt diese größte internationale Spielwarenfabrik der Welt, die herstellt und in alle Länder exportiert?«

»Na am Nordpol, wo denn sonst.«

»Am Nordpol? Aha!«

»Ja am Nordpol. Das ist da, wo man sowohl ungefragt Feuer machen kann, wenn

dadurch die natürliche Vegetation nicht gefährdet wird, als auch unter freiem Himmel übernachten.«

»Nordpol, unter freien Himmel übernachten. Du hast wohl zu viel am Glühwein genippt. Das ist doch so weit weg und unpraktisch. Da gibt es doch keine vernünftigen Verkehrsverbindungen.«

»Ja, ja, deshalb ja auch die Rentiere. Aber ich kann deine Missbilligung verstehen. Ich werde ein Pamphlet schreiben und sie umgehend der entsprechenden Schnee- und Eisplattenfraktion vorlegen.«

Tja manchmal muss man wirklich den Glauben wahren, dass Bofrost tatsächlich ein Frostschutzmittel ist.

Tage vergingen, als die Wichtel Brigade von ihrer Reise zu den polaren und subpolaren Regionen, den hocharktischen Inseln wie Spitzbergen, Ellesmere-Island und Grönland sowie der Tundra zurückkamen.

Im Gegensatz zu den Inseln ist für die Tundra eine offene, baumfreie Landschaft charakteristisch, die sich in Zwergstrauch-, Flechten- und Moostundra unterscheiden. Da Rentiere vor allem Grasfresser sind, ist das die überwiegende Ernährungsquelle, die sie mit ihren Hufen auch unter schweren Schneedecken freilegen und verwerten.

Mit ihren breiten, spreizbaren Hufen und die den Boden berührenden Afterklauen, vermindern sie so das Einsinken auf schneebedeckten oder feuchten Boden.

»Fünf Rentiere haben wir mitgebracht«, berichtete Nereus, als er sich zusammen mit dem Medikus Wichtel bei Melvin zurückmeldete. »Fünf Rentiere, die perfekt sind. Nur mit dem Fliegen, da hapert es noch ein wenig aber das kriegen wir noch hin.«

»Und wo sind sie jetzt?«

»Ich glaube, sie sind fasziniert von dem Treiben in dieser magischen Welt. Neugierig sehen sie sich alles genau an. Sie marschierten einfach darauf los und stehen jetzt in der Produktionshalle vor dem Weihnachtsbaum.«

»Gut, dann gib ihnen genügend Moos, Flechten, Pilze und arktische Weide zu fressen, damit sie zum sportlichen Ereignis in Bestform sind. Ordne jedem Tier einen Wichtel zu, der sie vertrauensvoll betreut und die dir gleichzeitig bei der Versorgung und der Stallarbeit behilflich sein können.«

Melvin lehnte sich in seinem Stuhl zurück, legte seinen Zeigefinger so an die Nase, als wenn er überlegen täte, als wenn er in sich ginge und dort verweilte. Nichts ist so eilig, dass es durch langes Überlegen nicht noch

eiliger werden könnte. Doch nach kurzer Zeit sprach er dann:

»Wir sollten uns einen Namen für das Ereignis ausdenken, einen Namen, der wie Klebeband wirkt, wie der Wurm im Ohr, der sich Lieder merkt und sie immer wieder vorsingt.«

»Wie wäre es mit Rentier Triathlon oder Schneespurenrennen, Need for speed«, zählte der Medikus-Wichtel auf.

Melvin machte ein zerknautschtes Gesicht, zog dabei eine Augenbraue hoch und schüttelte leicht sein Haupt.

»Dann vielleicht: die Rentier-Liga oder das Rennen seines Lebens, Rentiermarathon?«, erwähnte Nereus.

»Äh, äh. Um im Orchester der Großen mitzuspielen, reicht die Triangel nicht aus«, bemerkte Melvin. »Der Name sollte schon auf die Art des Wettbewerbes hinweisen, mit einer leichten Merkbarkeit wie mit dem Effekt der lila Kuh. Jedes Kind kennt sie und es gibt sogar einige, die glauben, Kühe seien immer Lila.«

»Na dann vielleicht Freestyle Running, Tour de North pole, Rentiere laufen für Olympus oder Zehnfacher Zehnkampf …?«

»Halt«, rief Melvin und erhob dabei seinen Arm. Es schien so, als hätten seine

Gedanken ihn zu einer Erleuchtung geführt, als wenn ihm ein Licht aufgegangen wäre, eine plötzlich auf unverständlichem Wege auftretende Erkenntnis, eine Illumination, ein Überschreiten des Alltagsbewusstseins, ein Aha-Effekt, ein handfester Einfall für eine kreative Birne, die Manifestation eines Einfalls.

»Ja?«, erkundigten sich beide synchron.

»Ich glaube, ich hab' s. Wir werden es NPO nennen, das North Pole Open.«

»Hm …, überlegte der Medikus. Das hört sich so nach Besenkammer an.«

»Okay dann …, dann …, wie wäre es mit CRC.«

»CCR?«

»Quatsch«, meinte der Medikus zu Nereus. »CCR war Ende der sechziger und Anfang der siebziger Jahre eine amerikanische Rockband. Du weißt doch "Hey Tonight, Up around the bend, Lookin' out my back door und Who'll stop the rain". Melvin meinte CRC.«

»CRC?«

»Ja«, bemerkte Melvin, »CRC, das Crazy Reindeer Championship. Wie findet ihr das?«

»Hm …, das hört sich eher nach einer Wirtschaftsanalyse an«, meinte der Medikus-Wichtel.

»Na wunderbar, dann nehmen wir das.«

Gesagt, getan. Das sportliche Event hatte seinen Namen und während Nereus zwischenzeitlich seinen Aufstieg vom Rentier-Hugo zum Stallboss genoss, machte Melvin sich auf Weg zu den Wichteln Mika, Elias und Jonne.

Sie sind für die Instandhaltung der Außenanlage zuständig, wie zum Beispiel die Rollbahn in einem Zustand zu halten, dass ein einwandfreier Start des Schlittenexpresses und der Rentiere gewährleistet ist. Als zusätzliche Aufgabe wurden ihnen vom Komitee auferlegt, ein Ort zu schaffen, wo der Mann zum Manne wird, wo geschrien, geklatscht, gehüpft, gejubelt und auch enttäuscht wird, wo die wahren Profis immer davorstehen, wo hinterher alle es schon vorher besser gewusst hatten, eine Wettkampfstätte.

Sie befand sich außerhalb von Christmas Village an einer abgegrenzten Strecke. Auf dem Weg dorthin kam Melvin an dem Paddock der fünf neuen Rentieren vorbei. Er sah, wie Nereus seine Hand über den Bohlenzaun streckte und eins der Rentiere am unteren Halsrand kraulte. Daraufhin nahm einer der auserwählten Betreuer-

Wichtel ein Seil, um damit ein Knotenhalfter herzustellen, und sprach dann zu Nereus:

»Das schaffe ich schon.«

»Das schaffst du nicht«, entgegnete Nereus ihm.

»Das schaffe ich wohl. Man muss behutsam auf sie einreden, mit sanften warmen Worten, dann lernen sie schnell.«

»Falsch! Telepathie ist die Ursache, mit der sich alle Geschöpfe untereinander verständigen, denn jedem gesprochenen Wort geht ein Gedanke, ein Bild, ein Gefühl voraus. Diese Fähigkeit ist allen Wesen gleichermaßen angeboren. Eine telepathische Kommunikation, in dem nicht nur Gefühle und Gedanken wahrgenommen werden, sondern auch Eindrücke, Ansichten und Wünsche.«

»Pass auf Nereus, das wird ein Kinderspiel werden, du wirst es sehen.«

»Na ja, ich habe dich gewarnt.«

Auch die anderen vier Betreuer-Wichtel hatten sich eingefunden und wollten dem Schauspiel zusehen. Einer von ihnen sprach:

»Die Rentiere gehorchen Nereus viel besser. Vielleicht liegt es daran, dass er eine grüne Zipfelmütze trägt und nicht so einen nach oben spitz zulaufenden braunen Forester Hut mit grüner Feder.«

»Sie gehorchen mir auch ohne so einen grünen Kaffeewärmer auf dem Kopf.«

Dabei öffnete er das Gatter, ging ins Freigehege, schloss es hinter sich wieder und sprach dann zu den Tieren:

»So los geht' s. Hört mal alle her. Stell euch in einer Reihe auf und spitzt eure Ohren. Wir beginnen heute mit dem Rentierunterricht. Du da, du kommst erst mal zu mir.«

Dabei richtete er seinen Zeigefinger auf eines der Rentiere. Doch das Tier mit dem lang gestreckten Gesicht, groß aufgerichteten Ohren, lang gezogenem Rumpf und den relativ hohen Beinen senkte nur seinen Kopf mit dem mächtigen Stangengeweih und gab brummende und grunzende Geräusche von sich, die eher bedrohlich klangen.

Uneingeschüchtert ging der Betreuer-Wichtel auf eines der Rentiere zu und sprach:

»Schön da bleiben, nicht bewegen. Ich will dir jetzt mit dem Seil ein Halfter anlegen, das tut überhaupt nicht weh.«

Doch das Tier hatte gar kein Interesse sich überhaupt irgendwas anlegen zu lassen und marschierte an ihm vorbei auf die andere Seite des Paddocks.

»Ey, wenn du nicht gehorchst, fange ich dich mit dem Lasso ein.«

Das Tier jedoch hatte anderes im Sinn, als sich einfangen zu lassen und lief weiter im Kreis. Die anderen vier schlossen sich dem Kreisverkehr an.

»Bleibst du da, bleibst du da«, rief der Wichtel. »Bleib doch endlich mal stehen.«

Dabei stolperte er und fiel der länge nach in den Schnee. Hier lag er nun in Schneeweiß und alle fingen fürchterlich an, zu lachen. Tja Schwein sein kann fein sein. Langsam erhob er sich. Eiskalt klebten die Schneeflocken in seinem Gesicht, die langsam zu schmelzen begannen.

Mit seinem Handrücken wischte er das weiße Pulver fort, stand auf und schüttelte dann bedenkenlos den Schnee von seinen Klamotten. Dann sah er zu den Rentieren, die sich am anderen Ende des Paddocks versammelt hatten.

Wieder ging er auf sie zu, knüpfte sein Seil zu einem Lasso und rief:

»Ho-ho-ho, bleibt nur stehen, ich komme.«

Doch die Tiere nahmen wieder Reißaus, wobei er hinterherlief, abermals stolperte und die Schwerkraft ihm erneut ein Schnippchen schlug. Wieder lag er in dieser

weißen Masse, die so viel Freude und Spaß bereiten kann.

»Hast du was verloren«, rief einer der zuschauenden Wichtel und das Gelächter war wieder groß.

»Hat der harte Boden wenigstens deinen Sturz abgefangen?«, rief ein anderer.

Was war das wieder für eine Grimassenveranstaltung, ein Groß-Event, bei dem sich alle schlapp lachten. Ein Feuerwerk des Jaulens, Krächzens, Quietschens und Pfeifens sowie des Stampfens und Schenkelklopfens. Ein Lachkrampf, bei dem man sich vor lauter Lachen kaum halten kann, es sei denn, man ist die Lachnummer.

»Lacht ihr etwa über mich?«, fragte der immer noch am Boden liegende.

»Nein wir lachen nicht über dich, wir lachen ohne dich«, bekam er zur Antwort und alle amüsierten sich aufs Neue, bis ihnen der Bauch wehtat, die Luft wegblieb und die Gesichtsfarbe sich von Rot zu Blau verfärbte.

Dann stand er auf und schaute zu den Tieren. Sie hatten sich am Ende des Paddocks zusammengerauft.

»Wenn ihr nicht gehorcht«, sprach er forsch, »dann …, dann …«, dabei lief er

wieder hinter den Tieren her, und als er nahe genug war, wollte er sein Lasso schwinden. Doch ihm fiel immer wieder Schnee ins Gesicht, welcher von den Tieren mit ihren Hufen exponentiell aufgewirbelt wurde. So musste es passieren, dass er die Kurve nicht bekam, gegen den Bolzenzaun rannte und diesmal rückwärts wieder im Schnee landete.

Wichtel und Elfen sind Nordpol-Bewohner mit einem heiteren Gemüt, leiden unter einem Humor-Profit-Syndrom, lassen sich leicht anstecken, kommen erst in leisen Tönen daher und animieren zum lauten Lachen, aus denen sie meistens nicht mehr heraus kommen.

»Ihr seid vielleicht ungezogen«, murmelte der Wichtel im Schnee, blieb einfach liegen und starrte dabei in den Himmel.

Melvin ging weiter, ohne dass er bemerkt wurde, und landete schließlich an der Wettkampfstätte.

## 6. Nordic Walking? Ist das nicht die Gangart, wenn man starken Harndrang hat?

Mika, Elias und Jonne waren gerade dabei, die Feldvermessung vorzunehmen. Dabei schaute Mika gerade durch einen auf einem entzweigten Baumstamm eines kleinen Nadelbaumes befestigten Feldstecher hin zu Elias, der am anderen Ende der Strecke eine rot/weiße Zuckerstange in der Hand hielt. Neben Mika stand Jonne und notierte alles.

»Entfernung vierundvierzig Meter sechzig, hab ich.«

»Gut, dann signalisiere ihm, er soll noch vierzig Zentimeter zurückgehen.«

»Vierzig Zentimeter, aha …, wie viel ist das?«

»Vierzig Zentimeter sind weniger als vierzig Dezimeter, aber größer als vierzig Millimeter.«

»Ah ja …, okay dann weiß ich Bescheid, also vier Fußlängen.«

Mit zwei überdimensionalen Lutschern, die eher den Schlägern einer besonderen Sportart glichen, welche man an einem Tisch mit Netzgarnitur und einem Pingpong-Ball spielt, stand Jonne wie ein Lotse da und gestikulierte mit aufschlussreichen

Bewegungen der Arme.

Elias schritt kurz zurück, rammte seine Zuckerstange in den Boden und versuchte nun ebenfalls sich mit ein paar Handbewegungen zu verständigen. Er presste eine Hand auf seinen Bauch und deute mit dem Zeigefinger seiner anderen Hand in seinen Mund, was soviel bedeutet: Ich habe Hunger.

Jonne antworte, indem er mit seiner Handfläche wie ein Scheibenwischer vor seinem Gesicht hin und schwenkte, was den Anschein ausdrücken könnte: Du hast sie wohl nicht mehr alle.

Worauf Elias wiederum seine Faust erhob und ihm ganz langsam den Mittelfinger entgegenstreckte. Diese Geheimsprache, die so salzig ist wie roher Schinken, könnte ein Dank ausdrücken oder auch: Wollen wir uns treffen? Bringe eine Tüte mit, dann kannst du dir eine Packung abholen.

»Und wie kommt ihr voran?«, bemerkte Melvin, als er weiter auf Mika zuging.

»Ach prima. Wir stecken jetzt erstmal die Bahn ab. Später wird sie durch rot/weiße mannshohe Zuckerstangen mit integriertem Licht an den Griffenden, die senkrecht zu Boden strahlen, in Szene gesetzt. Damit schaffen wir dann längs der Strecke eine optimale Akzentbeleuchtung.«

»Wie romantisch.«

»Da drüben wird, die Jury auf dem Siegertreppchen sitzen, der gleichzeitig als Stuhl-Tisch-Stuhl Kombination genutzt werden kann.«

»Aha, Stuhl-Tisch-Stuhl Kombination? Die Jury ist aber dreiköpfig.«

»Das weiß ich, deswegen wird das Siegertreppchen auch als halbrundes Podest gebaut, damit mehrere um die erhöhte Mittelstufe sitzen können. Die Tischlerwerkstatt hat bereits Order von mir bekommen, es so schnell wie möglich zu bauen.«

»Oh, dann können bei fünf Teilnehmern alle Rentiere am Ende auf dem Siegerpodest stehen. Das hätte Sinn. So gäbe es einen Ersten und vier zweite Plätze, aber keinen Verlierer.«

»Ich habe mir gedacht«, fuhr dann Mika weiter fort, »dass wir die feierliche Eröffnung unter den Klängen einer Hymne stattfinden lassen.«

»Eine Hymne?«

»Ja! Eine spezielle, interkulturelle Form der Lobpreisung.«

»Ich weiß, was eine Hymne ist, aber welche?«

»Keine Ahnung, vielleicht: Du hast dich tausendmal gewogen? Oder eine Elfe, die mich nach Hause trägt? Ein Korn, der deinen Namen trägt?«

»Sind die Hymnen?«

»Äh … hm … weiß nicht … keine Ahnung, hören sich aber gut an.«

»Vielleicht sollten wir den amtierenden Bürgermeister um Rat fragen«, bemerkte Jonne, der aufmerksam das Gespräch verfolgt hatte.

»Und wer soll das sein?«

»Na der Boss, der Chef, der Spielzeugmagnat, Santa Claus, wer denn sonst.«

»Vielleicht sollten wir lieber das Komitee dazu befragen«, trug Melvin bei. »Ich treffe mich gleich mit denen in meinem Büro. Wisst ihr schon, was für Disziplinen zum Tragen kommen?«

»Nein, aber was meinst du?«

»Na ja, der Beste sollte schon über Schnelligkeit, Aufmerksamkeit, Vielseitigkeit, Eifer und Gehorsam verfügen, sowie Dancer, Dasher, Vixen, Prancer, Cupid, Blitz und Donner. Genauere Disziplinen sollten noch entwickelt werden.«

»Wie wäre es denn mit Nordic Walking?«,

bemerkte Elias, der vom Ende der Strecke zurückkam und sich zwischenzeitlich dazu gesellt hatte.

»Nordic Walking? Ist das nicht die Gangart, wenn man starken Harndrang hat?«

»Nein! Nordic Walking ist eine trendige Ausdauersportart, die zu einem gesunden Körper und geistigen Wohlbefinden führen soll, ohne sich dabei groß anzustrengen.«

Mika fing an zu schmunzeln. Dann bemerkte er schwärmerisch, poetisch und berauscht, als wenn er als Wahrsager für die Herstellung von Horoskopen, Prophezeiungen und Prädestinationen undurchsichtiger und nebulöser Theorien zuständig wäre:

»Wow. Ich sehe fünf Big Foot Walker, fünf Big Foot Walker in leuchtenden Jogginganzügen aus Ballonseide, mit Skistöcken und Gummischutz an den Spitzen, im Schneckentempo über die Schneepiste stapfen. Die Evolution hat es geschafft, dass auch Rentiere aufrecht gehen können, um so ihre Hufe zu fachgerechter Nutzung der Walking-Stöcke nutzen zu können?«

Mit einem hämischen Grinsen, einem Lachen, das dem Grunzen eines Tieres mit einer steckdosenähnlichen Nase ähnelte,

schaute er Elias an, wobei Jonne und Melvin gleich mitzogen.

»Wieso immer ich? Ist heute der Tag des Auslachens? Ihr müsst nicht immer alles gleich für bare Münze nehmen, wenn ich mal was verwechsel.«

»Verwechseln? Ja, du würdest sogar unseren Spielzeugmagnaten mit einem Rind in einem roten Bademantel verwechseln.«

»Hahaha ich lache später.«

»Sonst noch was für Vorschläge?«

»Ähm …, ja …, wie wäre es denn mit …, mit …, mit Eisschnelllaufen oder …, oder …«

»Oder hundert Meter Lauf der Orientierungslosen?«, unterbrach Jonne und das Kichern begann von Neuem.

»Oder mit: … lustigem Umkippen?«, bemerkte Mika und schon gab wieder eine Anregung die andere.

»Oder endlosen Lachkrampf.«

»Gummitwist, das wäre doch auch was. Hahaha.«

»Ne, ne, lieber dreihundert Meter Gedankenaustausch.«

»Und wie wäre es mit Wett-Schubsen?«

Dieses alberne Herumschnattern brachte alle wieder zum Lachen. Die Helfer des

Weihnachtsmannes unterscheiden sich von anderen Individuen dadurch, dass sie grundlegende Kenntnisse für Satire haben und das sie auch über Dinge lachen können, die sie noch nie gehört oder gemacht haben. Sie sind völlig harmlose und lustige Wesen, wobei sie natürlich auch auf ungläubiges Staunen und Missfallen eines Genarrten stoßen könnten.

»Soso Nordic Walking ist also das Gehen, als wenn man starken Harndrang hat«, bemerkte Melvin und belächelte es.

Tja lachen ist die einfachste Antwort auf eine komplizierte Frage.

Melvin ging zurück ins Büro, denn es wurde Zeit. Das Komitee wird kurzfristig bei ihm eintreffen und über den aktuellen Stand der Dinge berichten. Kaum das Büro betreten, schritten auch schon Kuli der Koordinator-Wichtel für die Logistik und der Mechanik Imp hinter ihm herein. Nur Elfe Elif glänzte mit ihrer Abwesenheit.

Da die Wohnung von Santa direkt an dem Betriebsgebäude grenzte, brauchte man somit nur die Wohnungstür zu öffnen, um das Quietschen der Kreissäge, das Fiepen eines Bandschleifers, das Gehämmer, Geklopfe und Genagelte bei der Montage und das Sprühen der Funken aus einer, mit brennender Steinkohle gefüllte Esse, zu vernehmen.

Melvin als direktes Familienmitglied ist der Einzige, der die Wohnräume von Santa betreten darf und das eigentlich nur mit Ausnahme. Doch in diesem Moment hieß die Ausnahme: Elif und so verließ er sein Büro, um Elif an die momentan anberaumte Sitzung zu erinnern.

Als er die Räumlichkeiten betrat, war niemand zu sehen, es war absolute Stille. Nur ein leichtes Schnurren ertönte durch die angelehnte Tür des Schlafzimmers. Melvin lugte hindurch und sah, dass es kein Schnurren, sondern das Sägewerk des Mannes war, der jedes Tun und Handeln in dieser Fabrik bestimmte, der eigentlich jedes Tun und Handels in dieser Fabrik bestimmte.

Um ein derartiges Schnarchen abzustellen, gibt es verschiedene Möglichkeiten. Man könnte sich taub stellen, sich von hüpfenden Schafen zählen lassen oder auch die Geräusche mit den Anti-Schnarch-Boxhandschuhen bekämpfen. Doch das Grunzgeräusch schien Elif nicht zu stören, sie liegt daneben, wühlt sich hin und her und hat so was wie kein Sinn für Panik.

Um niemanden aufzuwecken, rief er sich ins Gedächtnis leise zu sein. So schob Melvin die Tür weiter auf und bewegte sich zielgenau auf die Schlafseite von Elif zu. Er neigte seinen Kopf und sprach ihr in einem

väterlichen leisen Ton ins Ohr:

»Du musst jetzt von deinen Träumen erwachen und aufstehen.«

Doch nichts passierte. Man kann in diesem Moment von einem tiefen seelischen Ruhezustand sprechen, wenn man von Stimmen am Ohr nicht wach wird oder einfach nicht wach werden will, weil man träumt. Es können Träume sein, wie Weihnachten ohne Schnee, Santa in bis zu den Knien hochgekrempelten roten Hosen, schwarzen Flip-Flips, weißem Muskelshirt, Baseball Cap und einem roten, viel zu kleinen Fiat Panda, mit dem er die Geschenke austrägt. Was für ein Horror.

Melvin fasste sie an die Schulter, um die Schlummernde aus ihrem Tiefschlaf wachzurütteln.

Doch niemals zuvor hatte er in seinem Leben jemanden derart schnell aus der Horizontale in die Vertikale katapultieren sehen, dass er vor Schreck fast die Bahnen der Normalität verließ, um sich auf die Reise Richtung Herzstillstand zu machen.

Verwirrt mit glasigen Augen schaute sie Melvin hilflos an.

Es muss wohl ein schlechter Traum gewesen sein, wenn man den Zustand des Bettes und ihrer Frisur betrachtet, ein Albtraum.

»Wer bist du denn?«, fragte sie.

»Na ich bin's doch, dein Papi, Daddy, Padre, Baba. Πατέρας, Отец.«

Ungläubig rieb sie sich die Augen, riss sie dann weit auf und bemerkte:

»Ey Papi, du bist es ja wirklich. Was willst du mitten in der Nacht von mir?«, flüsterte sie.

»Mitten in der Nacht? Schon mal auf die Uhr gesehen?«

»Ne die schläft noch! Wieso, ist es denn schon Aufstehzeit?«, fragte sie daraufhin.

»Äh … könnte man sagen, einige wechseln gerade ihre Schicht, andere gehen bereits zum Lunch.«

»Zum Lunch um diese Uhrzeit? Ist es nicht ein bisschen früh zum Lunchen?«

»Zu Früh? Es ist bereits Mittag. Mechanik Imp und Kuli warten schon geduldig auf dich.«

»Warten auf mich? Warum?«

»Vielleicht, weil wir heute eine Besprechung haben.«

»Eine Besprechung?«

»Ja eine Besprechung über die Auswahl des neuen Rentieres.«

»Oh …, hm …, ja dann komme ich doch

gleich mal.«

»Gleich? Nicht gleich, gleich ist dehnbar wie Kaugummi. In genau fünf Minuten bist du im Büro!«

»Ja, Papilein.«

Daraufhin verließ Melvin die Wohnung und ging zurück in sein Büro. Mechanik Imp und Kuli hatten sich zwischenzeitlich eine heiße Schokolade besorgt und schlürften nun geräuschvoll an dem Heißgetränk. Der ganze Raum hüllte sich in eine Oase von Aromen gerösteter Macadamianüssen, fruchtigen Beeren, feinem Marzipan, edlen Zedernhölzern, orientalischen Gewürzen und einer ausgewogenen Orangenblüte.

»Dann fangt schon mal an zu berichten«, sprach Melvin, als er sich in seinen Bürosessel niederließ. »Elif wird gleich hier sein.«

»Also die erste Disziplin beschäftigt sich damit«, fing Logistik-Koordinator-Wichtel Kuli an zu berichten, »die Rentiere über die Zielpiste laufen zu lassen und sie mit den minimalsten Signalen, auf ein exaktes Ausführen einer Aufgabe vorzubereiten. Wir nennen es mal: Durchs Licht gehen.

Danach dann das Überwinden von Abgründen, der Weitsprung, der Hindernissprung, der Hochsprung. Hier muss das Rentier alle vier Beine gebrauchen, um

die Hindernisse im Schritt, Trap und Galopp zu überwinden.

Der Höhepunkt und damit auch der schwierigste Teil der Disziplinen wird dann die Abfahrt von einem Hügel sein. Hierbei wird das Rentier vor einem schwer beladenen Schlitten gespannt und muss diesen erst einmal den äußerst steilen Hügel hinaufziehen.

Oben angekommen stellt es sich dann in Startposition und wartet auf das Zeichen von Elif als Startelfe. Sie wird unten in der Tallage stehen und ein Taschentuch fallen lassen. Sobald dieses den Boden berührt, beginnt die Abfahrt. Dabei wird auf Schnelligkeit gesetzt, wobei darauf zu achten ist, dass der Schlitten mit seinem Gewicht drückt, ins Schlingen kommen kann oder gar dazu neigt, das Rentier zu überholen.«

»Ja ich sehe das gerade vor mir«, bemerkte Mechanik Imp, »die Begeisterung der Fans, die vor lauter Zurufen toben, die laut aufstöhnen und sich in ein schwindeliges Freudengeschrei versetzen. Es ist wie die dritte Halbzeit eines Fußballspiels bei einem Vuvuzela-Konzert.«

»Wie aufregend«, betonte Melvin.

»Das Ganze hat aber noch ein Handicap«, übernahm Kuli wieder das Wort. »Die

Strecke werden wir mit einigen Schwierigkeiten aufpeppen, und zwar wird sie mit einigen Schlaglöchern, Bodenwellen und einer kleineren Schanze versehen. Hier zeigt sich dann, wie genial die neuen Rentiere derartige Hindernisse überwinden können.«

Elif betrat das Büro. Sie nahm zwischen den beiden Wichteln platz und da sie ein menschliches Findelkind war, überragte sie die Anwesenden mit ihrer Größe um eine ganze Kopflänge. Doch das störte niemanden, schließlich ist sie unter Elfen und Wichteln aufgewachsen und wird auch als Gleichgesinnte behandelt.

»Die Show sollten wir mit einer Eröffnungsfeier beginnen«, flocht sie ein. »Wenn dann das Augenmerk auf die Arena gerichtet ist, dann streitet Santa herein …«

»Und wird durch einen Konfettiregen begrüßt, der ganz besonders die Wichtelkinder erfreuen wird«, unterbrach Kuli.

»Nein, das muss nicht sein, aber er könnte eine Rede halten. Dann folgt ein Bollerwagen mit einem bogenförmigen Transparent, auf dem dann steht …«

»Öffentlich rechtliche Bedürfnisanstalt?«, unterbrach wiedermal Kuli.

»Oder WC 2000?«, wurde von Mechanik

Imp noch hinzugefügt und auf einmal wurde es mucksmäuschenstill. Die Blicke der Drei richteten sich gegen Elif. Sekunden der absoluten Stille trat ein. Doch dann auf einmal entlockten die Blicke ihr ein krampfhaftes Lächeln, wobei sie verschämt zu Boden blickte und plötzlich stimmen alle mit ein, in diese herzhafte Lachsalve, die zu einem Muskelkater in den Wangen führen könnte. Tja nichts auf der Welt wirkt so ansteckend wie das Lachen.

Nachdem sich alle wieder beruhigt hatten, fuhr Elif dann weiter fort:

»Na ja ich meine, auf dem Transparent sollte schon 1. Crazy Reindeer Championship stehen, um allen zu zeigen, um was es hier geht. Dahinter folgen die fünf Rentiere. Sie können dann von allen Anwesenden unter Augenschein genommen werden.«

Logistik-Koordinator Kuli stand auf, hielt seine Faust so vor dem Mund, als hätte er ein Mikrofon in der Hand und sprach:

»Wir befinden uns hier bei einer Make-up-Session und sehen auf den endlosen Laufstegen, die Teilnehmer der Christmas next top Reindeer Convention bei einem Fotoshooting. Hier geht es nicht nur um knallhartes Aussehen, sondern auch um Leistungen, egal, ob man schlecht Singen oder kein Schlittenfahren kann. Achtet bitte

ganz besonders auf die choreografische Leistung, welche von unserer bezaubernden Elfe Elif einstudiert wurde.«

»Vielleicht sollten wir auch Medaillen an die Gewinner verteilen«, meinte Mechanik Imp. »Medaillen aus Schokolade zum Beispiel. Für Gold weiße Schokolade mit getrockneten Früchten, für Silber Vollmilch mit ganzen Mandel und für Bronze einfach nur Zartbitter-Schokolade ohne was.«

»Rentiere fressen doch gar keine Schokolade.«

»Nicht? Und wenn man sie mit Arktisweidengeschmack oder Flechtenaroma versieht?«

»Oh ja Schokolade, das kalorienhaltige Lebensmittel«, sinnierte Elfe Elif schwärmerisch. »Ich habe es mal geschafft, mir eine Tafel Schokolade für zwei Tage einzuteilen. Da bin ich um dreiundzwanzig Uhr fünfzig angefangen und war dann um null Uhr zehn damit fertig.«

»Wow, und das bei deiner Figur.«

»Sag mal«, packte plötzlich Kuli die Neugier. »Wie wäre es, wenn wir die Feierlichkeit mit einem Fackellauf beginnen lassen, der dann einzieht und ein Feuerkorb mit Holz entfacht.«

»Das wird schwer sein, eine Fackel durch

die Menge zu tragen, ohne dabei irgendeinem Wichtel den Bart zu versengen.«

»Na ja vielleicht dann mit einer Riesenzigarre?«

»Hä hä, die würde bei dir doch gleich mehrfach erlöschen.«

Es ist kein Wunder, wenn durch solche humoristischen, scherzhaften, ironischen und scharfzüngigen Unterbrechungen, die sich jedes Mal in einem Lachflash äußern, derartige Besprechungen hinauszögern. Solche Sitzungen sind eigentlich unproduktiv, aber dafür äußerst belustigend. Dennoch fand auch diese Besprechung irgendwann mal ihr Ende.

## 7. Ein Rentier, mit einer leuchtenden Schnauze?

Zwei Tage später, ein Tag, der nie hell zu werden schien, machte Melvin sich auf den Weg, um die Fertigstellung der Wettkampfstätte zu begutachten, denn für das kommende Wochenende war das Event geplant. Helle LEDs aus den Hirtenstäben durchbrachen die Dunkelheit, tauchten die Strecke in ein magisches Licht und machten sie so zu einer Augenweide.

Sein Blick führte entlang der Bahn hinauf zu dem am Ende befindlichen Hügel, der durch starke Scheinwerfer hell erleuchtet war. Oben auf der Spitze befanden sich Mika, Elias und Jonne.

Sie hielten jeweils einen dieser typischen Serviertabletts aus Kunststoff in der Hand, wie man sie in der Betriebskantine von Christmas Village zum Transportieren von Speisen benutzt, flach, groß mit leicht erhöhtem Rand.

Mit mystischen Gesten, die niemand so richtig verstand, begründeten sie eine Handlung, worauf sie sich auf die Tabletts schwangen und sich so in eine Rodel-Abfahrhaltung begaben. Dann stießen sie sich ab und schon bei der ersten Bodenwelle riss es Mika vom Tablett. Ohne Schutzbekleidung rutschte er von der

Hügelmitte hinunter bis zur Tallage und prallte dann gegen einen der Hirtenstäbe.

Der Zweite übersah die, als zusätzliche Schwierigkeit aufgestellte, Rampe und wurde zu einem unbeabsichtigten Höhenflug katapultiert. Mit leuchtenden Augen und einem unbeschwerten Lächeln auf den Lippen schwebte er fast schwerelos durch die Lüfte und ließ die Windströmung an sich vorbeigleiten. Stolz durchfuhr sein Körper, Stolz wie eine alte Eiche, an der sich eine Wildsau reibt.

Doch dann plötzlich verkrampfte sich sein Gesichtsausdruck, eine Mimik die Schrecken ausdrückte. Sein Tablett näherte sich dem Ground contact, der Talsenke.

Doch wie ein geübter Luftbusfahrer, erkannte er die Gefahr und glitt in einem sehr flachen Winkel dem Boden entgegen. Ohne aufzuprallen, ohne zu kollidieren, ohne auseinanderzubrechen, zu krachen, zu zerschmettern, brachte er sich und sein Tablett sicher zu Boden.

Jetzt war nur noch Jonne auf der Piste, der es gerade geschafft hatte, an einem dieser gemeinen Schlaglöcher vorbeizu-kommen, die jeden Ahnungslosen das Steißbein verbiegen würde. So landete auch er wohlbehalten in der Zielgeraden.

Eine stattliche Szene, ein spannendes

Duell, ein anmutiges Erlebnis spielte sich da ab, mit einer atemberaubenden Geschwindigkeit, die jeden Fluchtwagenfahrer den Führerschein kosten würde. Frei nach der Devise: Lieber das Leben riskieren, als den Schwung verlieren.

Melvin ging auf die Drei zu, die gleichzeitig mit ihren Notbehelfsschlitten unterm Arm auf ihn zukamen.

»Was macht ihr hier?«, fragte er.

»Wir testen den Hügel«, entgegnete Mika ihm. »Du glaubst es gar nicht, was für eine Wahnsinnsgeschwindigkeit man erreicht, wenn man von da oben heruntersaust. Alles bewegt sich in einer ultimativen Geschwindigkeit an dir vorbei. Dein Denken wird langsamer und findet keine Ergebnisse, dein Handeln wird mühsamer und erfolgt unbewusst ohne Zielvorgabe. Sogar das Licht bewegt sich so schnell, dass es wie Blitze an dir vorbeirauscht. Es war …, es war…, als wenn du im Windkanal vor einem Gebläse mit Überschallgeschwindigkeit stehen würdest.«

»Genau«, schwärmte auch Elias. »Ich fühlte dabei, wie mein Körper nach oben schwebte und nur vom Tablett getragen wurde. Es war wie der Ritt auf dem fliegenden Teppich aus tausendundeiner Nacht.«

»Bei mir war es der Reiz des Gleitens, des Glitschens, den coolen Speed unter dem Tablett zu spüren«, stimmte auch Jonne mit ein. »Nur das Poltern und die dadurch entstehenden Schwingungen beim Überqueren der fiesen hinterhältigen Bodenwellen konnte man im Allgemeinen schon als Erdbeben bezeichnen. Da würde die Richterin Skala glatte sechs Punkte für geben.«

»Eine spannende Angelegenheit, wenn man die Kurven und Abschnitte für Überholmanöver nutzt. Ich glaube, ich werde den Hügel "dangerous hill" nennen oder lieber "colina peligrosa?"«, himmelte Mika die schneebedeckte unebene Erhebung an. Ich glaube, "colina peligrosa" ist passender, das hört sich wenigstens wie eine Liebeserklärung an.

Ja so ist es mit der romanischen Sprache. Während Schimpfwörter in anderen Sprachen sich anhören, als wenn man einen besonderen Ärger oder eine besondere Wut zum Ausdruck bringen will, hört sich das hier an, wie der Beweis einer besonderen Zuneigung. Es ist das Sprachlatein, das durch die Römer verbreitet wurde, die als expansionistische Streitmacht nicht nur mit dem Schwert, sondern auch mit ihrer Sprache über angrenzende Länder herfielen.

»Na so, wie du geflogen bist, müsste man

Rodelweitfallen zukünftig als eine Sportdisziplin ansehen.«

»Sehr witzig und deinen Flug müsste man Fall nennen, denn ein Flug geht normalerweise nach oben und du, du gingst doch gleich steil nach unten.«

»Mir scheint«, mischte sich Melvin in das kontroverse Gespräch ein, »dass ihr alles in Griff habt, dann lasse ich euch mal mit eurer Selbstbeweihräucherung allein.«

Melvin verschwand.

Sein Weg führte ihn nun zu Nereus, zu den neuen Rentieren. Neugierig interessierte es ihm, wie weit sich die Tiere eingelebt hatten und ob auch sie bereit wären, am Wochenende den Parcours anzutreten.

Im Außengehege befanden sich die fünf Rentiere zusammen mit ihren Betreuern. Sie gingen gerade Schritt, wobei die Betreuer bei jeder Schrittbewegung den Fuß des Rens mit einer Gerte antippten, damit dieser ihn dann anhob. Eine Gangart mit gymnastischem Effekt.

»Wie kommt ihr voran?«, fragte Melvin und stütze sich auf die mittlere Halbrundlatte der Umzäunung ab.

»Super. Die Tiere gehorchen allmählich. Sieh mal, was ich meinem beigebracht habe.«

Dabei stellte er sich vor das Rentier, tippte kurz mit der Gerte an das Vorderbein und schon erhob das Tier seinen Huf und streckte es ihm zum Shakehands entgegen.

»Schau mal, was meiner kann«, meldete sich ein anderer. »Meiner kann Erdmännchen machen.«

Erdmännchen, das sind diese erdgebundenen Spezies, die den Menschen nicht unähnlich sind. Sie sind nur etwas kleiner und haariger, können sich aber genauso aufrichten und schlafen meistens bei ihrer Pflichterfüllung, beim schweigsamen Herumstehen, ein.

Er ließ seine beiden Arme schwungvoll nach oben gleiten, sprach ein paar Worte und das Rentier erhob sich, legte seine Vorderpfoten zur Brust, balancierte damit sein Gewicht aus und stand für Sekunden auf den Hinterbeinen.

Alle applaudierten, als das Rentier wieder auf allen Vieren stand. Doch Melvin musste dem Einhalt gebieten und sprach:

»Sehr schön was ihr da fabriziert, aber wir bereiten uns hier nicht auf einen Zirkusauftritt vor, sondern um die Qualifikation einer zusätzlichen Fuhrparkerweiterung. Dancer, Dasher, Vixen, Prancer, Cupid, Comet, Blitz und Donner sollen von ihrer Last ein wenig

befreit werden. Dafür sollte ein zusätzliches Rentier die Aufgabe der Starthilfe mitübernehmen, sodass ein jedes Tier weniger Kraft für den Antrieb benötigt.«

»Aber wir sind doch dabei, die Tiere darauf vorzubereiten, damit sie dann im Wettbewerb sich als Besten beweisen können.«

»Und wie sieht es aus mit dem Fliegen. Noch nicht getestet, noch nicht probiert? Bestehen überhaupt Ambitionen zum Fliegen? Ihr wisst genau, dass Santa für den Start fliegende Rentiere braucht. Ist erstmal sein Steigflug beendet, übernimmt der Santa-5000 den weiteren Flug. Oder soll Santa das neue Rentier im Schlepptau hinter sich herziehen?«

»Natürlich nicht. Ums Fliegen kümmern wir uns heute noch.«

»Gut, und wenn ihr wissen wollt, wie man fliegt, dann fragt einen Adler und keinen Pinguin.«

Melvin schien ein wenig gereizt zu sein, eine Offensive, die man von ihm nicht kannte. Er ist genau, wie alle anderen Wichtel und Elfen, ein Fantasiegeschöpf das friedlich, einfühlsam und lustig ist. Seit er denken kann, gibt er sich mit menschlichen Eigenschaften ab. Hat da wohl etwas abgefärbt? Oder sind es die Kopfschmerzen

vom vielen Nachdenken die ihn in Flammen aufleuchten lassen?

Melvin ging rüber in den Rentierstall. Die gegenwärtige Flugparkhorde war vollständig vertreten und dabei, ein Nickerchen zu halten.

»Guten Morgen Jungs«, rief Melvin.

»Boäääh«, antworteten sie, was soviel heißen könnte wie: *Hey Opfer geh mir aus der Sicht, ich bin noch müde* oder aber auch *Hi, Hallo, Grüezi Gott, Griaß eich, Pfüet di, Moin Moin, Tach auch, Servus* und so weiter, und so weiter.

»Wo ist Nereus?«

»Boäääh«, riefen sie wieder und schwenken dabei ihren Kopf zum Hinterausgang des Stalls. Hier liegt die Vermutung nahe, dass damit gemeint ist, dass er draußen sei, da wo das Leben spielt. Ebenso könnte es auch heißen: Er ist kurz mal zum WC-Ente füttern gegangen.

»Danke Jungs.«

Wie ein Wrestler, dessen Fans ihm die ausgestreckten Hände entgegenhalten, ging Melvin an den Rentieren vorbei und streifte kurz mit den Fingerspitzen über dessen muschelförmige Nase.

Draußen ein weiteres Paddock, mehr ein Longierzirkel oder Longierplatz. Mitten drin

stand Nereus und redete. Er sprach mit jemand, doch Melvin konnte nicht sehen mit wem. Er stand neben zwei aufeinandergestapelten Kisten, die ihm die rückseitige Sicht verhinderte. Nereus sprach wieder:

»Was? Stimmt doch gar nicht, du kannst es wirklich, glaub mir. Du musst es einfach nur mal versuchen.«

Es ist wie eine dieser typischen Filmszenen, wo der Darsteller sich selbst anfeuert oder sich verbal auf die Schulter klopft.

Eigentlich reden wir alle mit uns selbst, meistens aber in Gedanken. Da werden dann Entscheidungen bestimmt, ob wir erfolgreich oder erfolglos sind.

»Vertrau einfach den guten alten Nereus«, fuhr er weiter fort. »Du kannst wirklich fliegen.«

Fliegen fragte sich Melvin und stand entgeistert da. Leidet da jemand unter Halluzinationen? Solches Verhalten kann auftreten, wenn man unter massiven Schlafentzug leidet oder unter einem Alkoholsuchtempfinden leidet, dann kann es schon zu wackeligen Tanzeinlagen kommen. Ebenso kann es auch das nicht verkraften eines verstorbenen Angehörigen sein, dass man ihn immer und immer wieder sieht und

mit ihm spricht.

Langsam setzte sich Melvin wieder in Bewegung, um sich in einen halbkreisförmigen Bogen um das Hindernis herum zu gelangen. Doch dann fing Nereus wieder an, zu reden:

»Streng dich doch mal an und gebrauche deinen heimischen Scharfsinn. Du musst nur einen entsprechenden Anlauf nehmen und schon hebst du ab. Es muss nur die richtige Geschwindigkeit sein, dann funktioniert es wie von selber. Ein, zwei, Schritt und dann Sprung. Denk an das Ballett Schwanensee, die hüpfen auch so. Ein, zwei, drei hüpf, ein, zwei, drei hüpf.«

Auf einmal erschrak Melvin. Im hohen Bogen schwebte plötzlich eine Gestalt über die aufeinandergestapelten Kisten und landete kurz vor Melvins Füßen. Selbst erschrocken erstarrte es für Sekunden, riss die Augen weit auf, machte dann kehrt und sprang aus dem Stand wieder zurück über die Kisten hinweg.

Melvin schüttelte sein Haupt. Was war das? Eine Halluzination, wie bei den Hippies nach einer Party? Ein psychoaktiver Pilz, der Dinge sehen lässt, die gar nicht vorhanden sind?

»Na siehst du ich habe es dir doch gesagt, du kannst es«, sprach Nereus

freudestrahlend. »Ich wusste es, ich bin so Stolz auf dich.«

Melvin kam langsam um die aufgestapelten Kisten herum und erstaunte.

»Entschuldige, wenn ich eure Kommunikation störe, aber darf ich fragen, was hier abläuft?«

»Äh … hm … ja …«, stammelte Nereus erschrocken und stellte sich so hin, das er mit seinem Körper versuchte das fliegende Wesen zu verdecken.

»Nun fang nicht gleich an, zu stottern. Wo kommt das Tier her? Es scheint ein junges Rentier zu sein.«

»Ja, es ist …, es ist noch … es ist noch ein…, ein sehr junges Rentier, aber es kann immer hin schon fliegen.«

»Das hab ich gesehen. Aber wo kommt es her?«

»Na ja weißt du, wir hatten es Letzten mitgebracht, es … es lief mir einfach hinterher. Das Tier war herrenlos, allein und hungrig.«

»Wurde es denn nicht von den anderen Rentieren adoptiert?«

»Nein! Ich glaube, ihn hatte man wohl übersehen.«

Melvin ging auf das Tier zu, streichelte es

sanft und liebevoll von der Stirn bis zur Nase und sprach dabei:

»Ich bin Melvin. Ich bin hier so was wie der Chef-Wichtel. Du wirst es hier gut haben. Alle werden dich mögen und lieben.«

»Dann kann er hier bleiben?«

»Na ja, wir können ihn doch nicht alleine in der Tundra aussetzen«, bemerkte er zu Nereus, und während er den Kehlsack kraulte, sprach er zu Rudolph:

»Bei uns am Nordpol wirst du dich wohlfühlen. Hier ist immer alles sehr beeindruckend und voller Wunder. Alles fällt uns sehr leicht. Wir müssen uns nie sagen, ich kann es besser, ich kann mehr Leisten. Und vor allem es ist alles geheimnisvoll hier, das hat mit der Sage des Santa Claus zu tun. Sicherlich hast du schon davon gehört. Er ist der Mann, der den braven Kindern zu Weihnachten ganz besondere Geschenke bringt und er liefert denen Freude ins Haus. Ja, dir wird es hier gefallen.«

Plötzlich fing seine Nase kurz an zu leuchten, vorauf Melvin zurückschreckte und überrascht fragte:

»Was war das denn? Wieso hat er auf einmal so ein Leuchten auf der Schnauze?«

»Oh … äh … ich weiß nicht, von was du redest.«

»Na komm schon, hab dich nicht so. Was war das?«

»Na ja ich weiß auch nicht so recht. Der Medikus-Wichtel meinte, es könnte ein Gen-Defekt sein. Er ist noch dabei, dieses Phänomen näher zu untersuchen.«

»Ach, der weiß auch von dem Rentier?«

»Na ja, er war ja dabei, als wir ihn fanden.«

»Aha, dann bin ich wohl mal wieder der Einzige, der von nichts eine Ahnung hat.«

»Falsch, außer den anderen Beiden, die mit waren, weiß keiner von ihm. Na ja Dancer, Dasher, Vixen, Prancer, Cupid, Comet, Blitz und Donner wissen von ihm aber die kümmern sich richtig fürsorglich um ihn.«

»Hm … und warum nur ihr vier und nicht alle?«

»Ich will, dass er sich erst einmal ein wenig einlebt. Danach werde ich zu gegebener Zeit alle damit überraschen.«

»Überraschen, und wie?«

Nereus fing an zu schmunzeln, zog eine Augenbraue hoch, schüttelte dabei leicht seinen Kopf und sprach:

»Oh, ich werde doch die Katze nicht vorher aus dem Sack lassen. Es wäre doch

keine Überraschung, wenn ich dir vorher erzählen würde, wie ich sie plane, oder?«

»Hm …, na gut. Und wie soll er heißen?«

»Ich hatte an Rudolph gedacht. Ein Name mit sechs Zeichen und zwei Silben. Er bedeutet soviel wie ruhmreicher Wolf.«

»Rudolph? Hm … okay! Na dann herzlich willkommen am Nordpol, am schönsten Platz der Welt, wo ein Märchen zu Wahrheit wird, wenn man ganz fest an Weihnachten und an Santa Claus glaubt.«

## 8. Selbst bei außerordentlichen Anstrengungen kann es zu einer Erdbeernase kommen

Melvin saß wieder in seinem Büro und dachte an das neue Rentier. Es war noch jung und schon so allein. Aber jetzt hat es eine Großfamilie mit acht Artgenossen und zig Wichtel und Elfen, die sich alle um ihn kümmern werden. Er wird genug zu fressen bekommen, ausreichend Auslauf haben, Freunde besitzen, mit denen er Spielen, Toben und vielleicht sogar ausreiten kann. Doch dann fiel Melvin die rote Nase ein.

»Es kann an einer Erkältung liegen, an einer Entzündung oder an einer stressigen Situation«, murmelte er sich in seinen Bart.

»Wahrscheinlich haben Jungtiere einfach zu empfindliche Blutgefäße, die sich bei Kälte verengen und sobald sie warm werden, sich wieder erweitern. Dann strömt mehr Blut durch die Nase und wird dann rot. Ja das ist eine gute Erklärung«, dachte er sich. Schließlich hatte er ja seine Nase gestreichelt und wahrscheinlich dadurch Wärme erzeugt. Oder?

Doch irgendwie war Melvin mit dieser Erklärung nicht ganz einverstanden. Er wäre nicht die rechte Hand des Mannes, der Kinderherzen höher schlagen lässt, wenn der nicht derartige Mysterien auf den Grund

gehen würde.

So entschloss er sich erstmal, den Medikus zu befragen, denn schließlich wollte er einige Untersuchungen anstellen, um das Leuchten der roten Nase zu analysieren.

»Hallo«, sprach er zur Ordinationshilfe, als er das Krankenzimmer betrat.

»Hallo Melvin, du hier? Bist du krank?«

»Nein ich fühle mich wohl. Ich muss nur den Medikus-Wichtel sprechen.«

»Du wirkst aber nicht gerade gesund.«

Dabei zählte sie mit scharfer Stimme und wendiger Wortwahl alle möglichen Symptome von Krankheiten auf, die ihr gerade einfielen, angefangen von Aortenisthmusstenose über Syringomyelie bis hin zum Zervixkarzinom.

»Es geht mir wirklich gut«, dementierte Melvin. »Ich wollte nur kurz etwas mit dem Weißkittel besprechen …, etwas Wichtiges.«

»Ähm …, über was denn?«

Melvin lehnte sich ein wenig über den Empfangstresen, legte eine Hand seitlich an seinen Mund und sprach dann mit erheitertem Lächeln, welches seine Lippen umspielte, in einem gedämpften Ton:

»Was meinst du, warum Eisbären keine Pinguine fressen?«

»Was?«, empörte sie sich. »Eisbären fressen katholische Nonnen?«

»Ähhh … eigentlich nein … vergiss es einfach. Kann ich zum Doc rein?«

»Nein!«

»Nein, warum nicht?«

»Erstens, weil du ja nicht krank bist und zweitens hat der Doc im Moment für dein Gebabbel keine Zeit. Er ist am Experimentieren, am Testen einer ganz, ganz wichtigen Sache, wo selbst ich ihn nicht mal stören darf.«

»Aha, dann weiß ich, woran er bastelt«.

Dabei richtete Melvin sich auf. Ging zwei Schritte vor und ehe die Ordinationshilfe etwas sagen konnte, war Melvin bereits hinter der Tür zum Behandlungsraum verschwunden.

Der Medikus-Wichtel stand an einer Reihe Unterschränke und schaute durch ein Mikroskop, ein Wundergerät der modernen Krankheitslehre, das kleine Dinge ganz groß herausbringt und das Gegenstände vergrößert und sie somit im Vergleich zum Normalzustand um eine Vielfaches wichtiger macht.

»Ich hatte doch gebeten mich nicht zu stören«, sprach er und nahm dabei seine Augen nicht mal von den Okularen ab.

»Ich habe nur eine Frage, dabei stört es mich nicht, wenn du weiterhin Ameisen unter deinem Mikroskop beobachtest.«

»Moment mal«, sprach der Medikus-Wichtel, erhob daraufhin sein Kopf und schaute herüber. »Hör ich da die Stimme von Melvin?«

»Nein ich bin der Räuber Hotzenplotz und will dir deine Espressomaschine klauen und dich zum Kartoffelschälen an den Gourmet Wichtel Gusteau verscherbeln. Ha, ha, ha, kleiner Scherz, natürlich bin ich Melvin. Wer soll ich denn sonst sein?«

»Na vielleicht der Räuber Hotzenplotz, der mir meine Espressomaschinen klauen und mich an den Gourmet Wichtel Gusteau zum Kartoffelschälen verscherbeln will?«

»Durch Wiederholen wird es weder besser noch glaubwürdiger.«

»Na ja es überrascht mich, dass du mich persönlich besuchst. Du bist doch nicht etwa krank oder gar der Chef?«

»Weder das eine noch das andere. Las uns nicht lange herumschwafeln, ich weiß über Rudolph Bescheid. Was hast du wegen seiner Nase herausgefunden?«

»Na ja, zuerst dachte ich, dass es verschiedene Parasiten sein könnten, die für diese außergewöhnliche Färbung sorgen.

Man könnte auch denken, dass er regelmäßig mal einen schnasselt, aber das stimmt alles nicht. Es handelt sich also weder um eine Säufernase noch um einen Parasitenbefall.«

»Um was denn?«

»Nasen von Rentieren haben viel mehr Blutgefäße als zum Beispiel wir und eine wesentlich dichtere Ansammlung von Blutkörpern. Wärmeinfrarotbilder zeigten, dass alle Rentiere eine rote Nase haben. Außerdem haben sie eine höhere Dichte von Schleimdrüsen in der Nase, die bei wechselnden Wetterbedingungen und extremen Temperaturenschwankungen für ein optimales Nasenklima sorgen. Gute Voraussetzung für den Job als Schlittenführer.«

»Damit ist immer noch nicht geklärt, warum Rudolph mit seiner roten Nase den Straßenverkehr aufhalten könnte.«

»Tja, da fragt man sich, ist das eine Nase oder eine Christbaumkugel, ha-ha-ha«, belächelte der Medikus-Wichtel seine Äußerung.

»Waren wir heute mit Wichtel Lustig duschen?«

»Äh …, nein. Okay, okay, okay. Rentiere essen Moos, dass eine bestimmte Chemikalie enthält, welche wiederum ihr

Blut davor bewahrt, dass es gefriert, wenn sie durch die Eiswüste ziehen. Moos ist also, wie das Frostschutzmittel in der Scheibenwaschanlage eines Autos. Außerdem können sie ihre Wärmezufuhr um ein Vielfaches beschleunigen und verfügen damit über außergewöhnliche thermoregulatorische Fähigkeiten. Der kleine Rudolph hat einige Fähigkeiten, die wesentlich ausgebreiteter sind, wie bei seinen Artgenossen. Wahrscheinlich hatte man ihn deswegen ausgelacht und er sich so von der Herde getrennt.«

»Ich finde seine rote Nase irgendwie cool«, schwärmte Melvin freudestrahlend. »Aber nun weiß ich immer noch nicht, warum sie so extrem hell leuchtet.«

»Nun bei Rudolphs Nase ist das Netz von Blutgefäßen noch dichterer, das für eine noch höhere Versorgung mit roten Blutkörpern sorgt. Dabei spielt Rudolphs Gemütszustand eine wesentliche Rolle. Freut er sich wie Bolle über etwas, wie zum Beispiel über nette Worte oder gar Streicheleinheiten, dann strömt mehr Blut durch seine Nase und verfärbt sie rot. Je erfreuter er ist, desto mehr leuchtet seine Nase. Selbst bei außerordentlichen Anstrengungen kann es zu einer Erdbeernase kommen.«

»Wow.«

»Es ist das Gegenteil wie bei den Hunden. Sie wedeln propellermäßig mit dem Schwanz, wenn du denen ein Leckerli zeigst oder wenn sie gestreichelt werden wollen. Sobald sie aber ihr Leckerli bekommen oder du sie berührst, hören sie auf mit dem Schwanz zu wedeln. Rudolph hingegen freut sich erst, wenn du ihn berührst oder wenn du nette Worte zu ihm sprichst, dann tritt dieses Glücksgefühl bei ihm auf und …, tja mit der Nase ist er dann eine echte Leuchte.«

»Danke für die Auskunft. Jetzt weiß ich wenigstens über Rudolph Bescheid, falls Santa wissen will, was mit ihm ist. Danke nochmals.«

»Na ja, da du der Meinung bist, gesund zu sein, kann ich dir dann nur noch Schönheit wünschen.«

»Danke, sehr aufmerksam. Dann werde ich heute mal mit einem Chefsalat schlafen gehen.«

Melvin verließ die Praxis. Auf den Weg in sein Büro kam er wieder an der Wettkampfstätte vorbei. Er blieb für eine längere Zeit stehen und beobachtete, wie Elias, Mika und Jonne dabei waren, Schneemänner zu erschaffen. Sie sollen an beiden Seiten der Zielgerade aufgestellt werden.

Schneemänner sind sehr introvertiert und reden so gut wie gar nicht. Sie bestehen aus drei exorbitanten zusammengerollten Schneebällen, werden übereinandergestapelt und zwischen den einzelnen Kugeln mit Schnee zur Stabilisierung verschmiert. Sie sind weder nachtaktiv, noch tagaktiv, sie sind inaktiv, haben keine Beine, sodass sie nicht weglaufen können, und stehen deshalb den ganzen Tag nur herum. Meist werden die Augen, der Mund und eine Knopfleiste noch mit Steinen und Knöpfen versehen, die Nase mit einer Mohrrübe und als Kopfbedeckung mit einem alten ausgedienten Hut. Als Arme dienten Stöcke und um den Hals werden immer wieder weiche Schals geschlungen.

Außer Hasen, die nur an die Mohrrübe interessiert sind, ist für die schneeweiße Haut des Schneemannes die Sonne der größte Feind, weil sie einen biologischen Auflösungsprozess verursacht.

Melvin wurde kalt. Die Kälte kroch an seinen Beinen hoch und führte bereits zu einem abdominalen Taubheitsgefühl. Sofort zielte er auf den Aufbau innerer Wärme und entschloss sich einen Abstecher in die Fabrikationshalle zu Anni zu machen, um sich dort mit einem heißen Kakao zu erwärmen.

Mit einer rauen Stimme als wären seine

Stimmbänder vom Gefrierbrand in Mitleidenschaft gezogen, bestellte er:

»Eine heiße Schokolade zum Auftauen mit zwei Stück Zucker bitte.«

»Ist dir etwa kalt?«, fragte Anni.

»Mhm«, bestätigte Melvin. »Ich komme mir vor, als wenn ich gerade aus einer Gefriertruhe reanimiert wurde. Meine Füße sind wie Eisblöcke.«

»Soll ich dir dann lieber die heiße Schokolade in einem Eimer servieren, da kannst du dann deine Füße zum Auftauen hineinstellen.«

»Sehr witzig! Sind wir heute über eine hochkantige Schneeflocke gestolpert? Oder warum sind wir so einfühlsam wie ein Flugzeugträger.«

»Hat dir jemand heute ins Müsli gespuckt?«

»Ich bin ein wenig angesäuert, aber das vergeht gleich wieder.«

»Soll ich dir lieber einen "Gute Laune Kräutertee" machen? Ich habe für jede Stimmung die passende Sorte Tee vorrätig. Zum Beispiel den süßlichen "Hör auf zu nerven Tee" oder das etwas herbere "Null Bock Gemisch", dann den "Trübe Rübe", den "Durchhänger" und für die ganz harten Wichtel den "Miesepeter" und für uns zarten

Elfen den "Miesepetra-Tee".«

»Hä, hä, hä, lächelte Melvin. Du schaffst es immer wieder das Zwerchfell zu massieren, aber danke ich bleibe bei einer heißen Schokolade.«

»Mit zwei Stück Zucker kommt sofort.«

Melvin stand da und blickte in der Halle umher. Dabei dachte er wieder an Rudolph, an das Phänomen der leuchtenden Nase. Es ist wie Aladins Wunderlampe, nur mit Licht, wenn Rudolph sich freut, statt mit einem Geist, wenn man daran reibt.

»An was denkst du«, sprach plötzlich Anni und hielt ihm dabei seine heiße Schokolade entgegen.

»Ach nichts«, antwortete er und beschloss, sich von seinen Gedanken abzulenken und sich lieber auf die heiße Schokolade zu konzentrieren. Doch die war so heiß, dass er sich fast den Mund verbrannte. Er schloss die Augen, biss auf die Zähne, zog dabei seufzend die Luft in sich hinein und fauchte:

»Autsch, das ist verdammt heiß.«

»Tja heiß ist so vieles, das Würstchen, der Kaffee, die Sonne. Man kann kalt nicht so erfolgreich mit demselben Resultat zubereiten, wie warm.«

»Danke für den aufschlussreichen

Hinweis. Ich lasse den Becher zum Abkühlen hier mal kurz stehen, ich muss mal was überprüfen. Bin gleich wieder zurück.«

Es ließ Melvin keine Ruhe, er musste sich das personifizierte Phänomen von Rudolph leuchtender Nase noch mal näher ansehen und so marschierte er schnurstracks zu dem Paddock hinter dem Rentierstall. Doch Rudolph war nicht da, er wurde zum Ausruhen in den Stall verbracht.

Ängstlich wich er zurück, als Melvin auf ihn zu kam. Nereus, zu dem er bereits eine persönliche Beziehung aufgebaut hatte, war nicht da und so verhielt er sich anderen gegenüber sehr vorsichtig und zurückhaltend.

»Ey Rudolph ich bin's Melvin, wir kennen uns doch von vorhin. Du standst plötzlich vor mir, als du über die Kisten gesprungen bist und hattest dich so erschrocken, dass du gleich wieder zurückgesprungen bist. Oder geflogen? Aber du brauchst keine Angst zu haben. Keiner wird dir hier was tun.«

In langsamen, gemächlichen Schritten ging er auf Rudolph zu, der sich rückwärts in die äußerte Ecke drängte. Als Melvin nah genug war, streckte er behutsam seine Hand aus und fing an, seinem Kopf liebevoll zu streicheln.

»Du musst keine Angst haben«, sprach er dann weiter, »nur, weil andere dich vielleicht wegen deiner Nase geärgert hatten. Das wird dir hier nicht passieren. Sie mal Rudolph, jeder besitzt ein Licht, das im inneren leuchtet, bei den Menschen genauso wie bei uns Wichtel und Elfen und wahrscheinlich auch bei euch Tieren. Aber nur wenige Glückspilze können ihr Licht so hell leuchten lassen, dass es die ganze Welt sieht und einer dieser Glückspilze bist du.«

Aufmerksam hörte das Rentier zu und plötzlich war es wieder da und beraubte Melvin sofort für Sekunden sein Sehvermögen. Orientierungslos stand er zunächst da, kniff die Augen zusammen und wartete, bis sich die Pupillen an die strahlende und behagliche Barmherzigkeit Rudolphs gewöhnt hatten.

Der ganze Stall erleuchtete auf einmal wie der wunderbare Glanz von tausenden Glühwürmchen, die ein Lichtkonzert ausstrahlten; wie damals vor mehr als zweitausend Jahren, als ein Stern den unscheinbaren Stall von Maria und Josef erleuchtete, um den Hirten den Weg zu weisen.

Ja auch Rudolph kam als kleines unschuldiges Wesen auf die Welt, fand nirgendwo Platz und landete schließlich hier am Nordpol. Es dürfte nicht leicht für ihn

gewesen sein, fernab von Verwandten und Gleichgesinnten allein durch die Weite der Tundra zu wandern und nach Nahrung zu suchen. Keiner war da, der mit ihm sprach, der mit ihm spielte, der ihn förderte oder mit dem er, was erleben könnte. Doch nun ein Hoffnungsschimmer in einer kalten Welt.

Das Leuchten erlosch, als Melvin die Hand von seinem Nasenrücken nahm. Dunkelheit machte sich breit, nur eine Laterne über den Eingang spendete ein wenig Licht. Melvin verabschiedete sich von Rudolph, versprach ihn, am nächsten Tag wieder zu besuchen. Dann überließ er dem Stall die Dunkelheit und kehrte zufrieden in die Fabrikationshalle zurück, um seine inzwischen kalt gewordene Schokolade zu trinken.

## 9. Kalte Füße kann man auch durch einen Fluchtreflex warm laufen

Sein Becher stand immer noch auf dem Tresen. Er schaute hinein, schwenkte dabei den Becher und sah, dass sich keine Haut gebildet hatte. Das liegt an der Kochkunst von Anni. Sie erhitzt die Milch langsam mit ständigem Rühren, damit die fadenförmigen Eiweißstoffe erst gar nicht gerinnen. So bildet sich statt einer Haut ein Schaum, weil die untergerührte Luft von den Fettmolekülen umschlossen wird.

Viele mögen zwar keine Haut auf derartigen Milchprodukten, anderseits ist es aber für einige Getränke unerlässlich. Zum Beispiel bei der Milchaufschäumung für einen Cappuccino, da sorgt sie für die Stabilität des Schaums. Tja, während bei heißen Milchgetränken die Haut als abscheulich gilt, ist sie wiederum beim Cappuccino lecker.

Melvin nippte am Becher und bemerkte Anni nicht, die sich aus der Küche hervorkam und rief:

»Noch warm genug?«

Dabei hatte Melvin sich so erschrocken, dass ihm fast der Becher aus der Hand fiel. Entgeistert sprach er:

»Soll ich ein Herzinfarkt kriegen?«

»Bei dem für dich gefundenen Weg zum geistigen und körperlichen Wohnbefinden, mal eben durch knöchelhohen Schnee zu hetzen, um dadurch den besonderen Kick zu bekommen, wird das so gut wie ausgeschlossen sein. Und? Ist die Schoki noch einigermaßen warm?«

»Ne, sie ist eiskalt, kannst du sie noch mal aufwärmen?«

»Hab ich mir doch gedacht, dass du ein Lügenbaron bist. Ich dachte, schlappe Getränke magst du nicht.«

»Wie kommst du darauf?«

»Du hast mal gesagt, kalten Kaffee sollte man nicht aufwärmen, ja, und da Schoki nun mal genauso ein Heißgetränk ist wie Kaffee, gehe ich mal davon aus, dass man kalte Schoki auch nicht aufwärmen sollte, oder?«

»Das hast du ganz falsch verstanden. Das ist so eine Floskel der Menschen, die unter anderem damit ausdrücken wollen, dass man eine alte Beziehung nicht wieder auffrischen sollte, also einen kalten Kaffee nicht wieder aufwärmen.«

»Hä …? Unter kalten Kaffee verstehe ich aber, ganz was ganz anderes, zum Beispiel Getränke wie Café Acapulco, das ist, Instantkaffeepulver mit Puderzucker, Rum und Zitrone; oder Iris Coffee mit Rum und

Sahne; Nugatkaffee mit Milch, Eis und Schlagsahne; Kaffee-Smoothie mit Banane und Kokosmilch. Die werden alle kalt zubereitet und auch so getrunken. Bei Cold Brew Coffee zum Beispiel, kann man den Kaffee kalt aufgießen, über Nacht ziehen lassen und dann mit heißem Wasser aufwärmen.«

Es ist wie das Gespräch bei einer Kundin, die eine Lebensversicherung abschließen möchte und dabei die Meinung vertritt, da sie ja jünger aussehen würde, müsste man die Prämie günstiger gestalten.

Annis Argumentation zu widerlegen ist so wahrscheinlich, wie Quark Gräten hat. Sie gehört zu denen, die sich lieber einer Wurzelbehandlung unterzieht, bevor sie zugibt, etwas in den falschen Hals bekommen zu haben.

»Weißt du eigentlich, dass kalter Kaffe sogar schön macht?«, fuhr Anni weiter fort. »Die Redewendung stammt allerdings aus der Zeit, wo Schminke noch von ganz schlechter Qualität stammte und leicht verlief. Um das zu vermeiden, wurde der Kaffee bei den Damen der Haute Volée kalt getrunken. Na ja wie würde man sich da vorkommen, wenn man nach jedem Kaffeeklatsch aussieht, als wenn man sich geprügelt hätte.«

Während Anni versuchte mit weiteren

Totschlag-Argumenten zu überzeugen, schalte Melvin geistig ab. Sie ist der Meinung, je schlagkräftiger ihre Begründung ist, desto höher ist die Chance, am Ende recht zu behalten.

Schon Humphrey Bogart hatte in einem seiner klassischen Liebesszenen, wo er eine Ohrfeige bekam, gewartet, bis die Frau die Fehlinterpretation bemerkte und daraufhin ihn küssend in die Arme verfiel. Eine abstruse Situation, die genauso paradox ist, als wenn man einen Zettel an einem Karton klebt mit der Aufschrift: Bitte keinen Zettel aufkleben.

Melvins Augen wurden bei ihrer Darstellung immer größer und mit diesem beträchtlichen, doch sehr komplizierten Sinnesorgan schaute er in der Gegend umher. Er versuchte seinen ohnehin schon zerstreuten Denkprozess, durch Gedanken-Fernübertragung zu steuern. Ständig wird er von irgendeiner Seite gesucht, gerufen, angesprochen, doch ausgerechnet jetzt, wo er auf einen erlösenden Moment wartete, schien er für jeden entbehrlich zu sein.

Keiner da, der panisch aus der Wäsche schaut und durch die Halle grölt: Was, die ganzen Hochregale im Logistikzentrum sind unter der Last der ganzen Geschenke zusammengebrochen, worauf Melvin dann der Anni die klassische Ich-Muss-Weg-

Ausrede entgegenwerfen könnte. Doch nichts passierte und so räusperte er:

»Ähm, weißt du, jeden morgen wacht in Afrika eine Gazelle auf und sie weißt, dass sie schneller laufen muss, als der schnellste Löwe. Aber jeden morgen wacht in Afrika auch ein Löwe auf und der weiß, dass er schneller als die langsamste Gazelle sein muss, sonst würde er verhungern.«

Anni überlegte, ließ sich den Sinnspruch, der eigentlich eine Lebensweisheit vermitteln sollte, nochmals auf der Zunge zergehen. Doch dann sprach sie:

»Und …, was willst du damit sagen?«

»Ich will damit sagen, dass dadurch das ich hier herumstehe, meine Arbeit sich zwar aufschiebt, sie aber nicht in Vergessenheit gerät.«

Eine lauwarme aber doch hervorragende Ausrede, um elegant den Hals aus der Schlinge zu ziehen. Dabei ließ er schnell noch mal die Neige im Becher kreisen und trank dann den letzten Schluck, der immer am schokoladigsten ist.

»Danke für die leckere Schokolade«, verabschiedete er sich. »Bis später dann.«

Melvin verschwand in seinem Büro. Dort lehnte er sich in seinen Stuhl zurück und legte seine Füße auf den Tisch, da man ja

weiß, dass hoch gelagerte Beine gut für die Durchblutung sind und somit den kalten Füßen kräftig eingeheizt wird.

"Kalte Füße" ist wieder so eine Redewendung, eine sehr unklare und doppeldeutige, eine so und so zu verstehende Phrase. Zum einen kann es die Kälte von außen sein, wo die Füße schnell auskühlen, sobald die kalte Jahreszeit hereinbricht und zum anderen …,

Eigentlich betrifft es nur die männlichen Geschöpfe. Sie leiden zwar nicht unter kalten Füßen im wörtlichen Sinne, sondern bekommen diese immer in unangenehmen Situationen, was dazu führt, dass sie sich die Füße durch einen Fluchtreflex wieder warmlaufen müssen.

Dann sprang Melvin auf, ging zum Fenster und schaute hinaus. Es hatte wieder angefangen zu schneien. Riesige, weiße Flocken schwebten vom Himmel herunter und bedeckten mit einem zarten Hauch die eben noch vorhandenen Fußabdrücke. Sein Blick schweifte über die weiße Fassade hin zu den hübschen kleinen rot/weißen Hütten der Wichtel und Elfen mit den jeweiligen Veranden davor, die mit ihren Holzläden und den beleuchteten Fenstern in der verschneiten Landschaft aussehen, wie Weihnachtsaccessoires, wie weihnachtliche Windlichter.

Es klopfte.

»Hereingeschneit äh … -getreten«, verbesserte sich Melvin schnell noch.

Die Tür ging auf und Mika kam herein. Er hatte rosige Wangen, eine rote Nase und seine spitzen Ohren, die hatte er unter einer Wollmütze verschwinden lassen.

»Was kann ich für dich tun?«, fragte Melvin.

»Es schneit draußen.«

»Echt?«, antwortete Melvin sarkastisch.

»Ja.«

»Und was wollen dagegen tun? Stundenlang mit der Zunge die Eiskristalle einfangen?«

»Haben wir schon versucht. Die kalten Dinger fliegen aber immer wieder in die Augen.«

»Dann mach die Augen zu.«

»Geht nicht, dann sieht man die Schneeflocken nicht mehr.«

»Hm … und weiter.«

»Es ist auch glatt draußen. Ich bin schon auf den Hintern gefallen, als ich das Bein anhob und das Gleichgewicht verlor. Das tat höllisch weh. Elias und Jonne haben sich fast totgelacht. So was finde ich grausam.«

»Und?«

»Was und?«

»Und weswegen störst du mich nun wirklich?«

»Stör ich dich?«

»Nein, wie kommst du darauf. Ich sehe nur die Farbe an den Wänden beim trocken zu.«

»Also weswegen ich hier bin, wir schaffen das nicht alleine, wir bräuchten noch jemand, der uns hilft. Bei dem Schneegestöber können wir nur im Kriechtempo arbeiten.«

»Kann Wichtel Adam euch nicht helfen?«

»Der hat allein fünfundvierzig Minuten gebraucht, um sich warm anzuziehen. Er meinte, dass bei den Außentemperaturen das gekonnte Kombinieren mehrerer Schichten Kleidung empfehlenswert sei. Drei Lagen T-Shirt, drei Lagen Pullover und ein bis zwei dicke Jacken. Dazu eine lange Unterhose, zwei Leggings, eine Jeans und zum Schluss ein dickwattierter Skianzug. Dann noch drei Paar dicke Wollsocken, gefütterte Boots mit Lammfell, Handschuhe, breiten Schal und Mütze mit Ohrenklappen. Als er dann fertig war, fiel ihn ein, sicherheitshalber noch mal aufs Klo zu gehen, bevor es in der Hose warm wird. So

zog er sich wieder aus, ging ins Bad, und als er sich anschließend wieder angezogen hatte, war er zu Müde zum Schaufeln.«

»Und was ist mit Elfe Candise? Im Lager ist im Moment nicht so viel zu tun, da kann sie euch vielleicht helfen.«

»Ja das hatte Jonne auch schon gedacht. Er hatte ihr sogar beim mühsamen Reinkämpfen in die Stiefel geholfen, da ihre Beine ein wenig angeschwollen waren. Doch als sie das dann gemeinsam geschafft hatten, stellte sie plötzlich fest, dass die Schuhe vertauscht waren, dass der Rechte auf dem linken Fuß saß und der Linke auf dem Rechten. Infolgedessen musste sich Jonne als Stiefelknecht beweisen, worauf die quälende Anzieh-Prozedur zur quälenden Auszieh-Prozedur wurde und anschließend nach dem Stiefeltausch wieder zu einem Leben mit Ablaufdatum. Dann stellte sie auf einmal fest, dass es gar nicht ihre Stiefel waren, sondern die ihrer Freundin und so machte sich der Stiefelknecht abermals über die widerspenstigen Stiefel her, natürlich mit viel Gewürge und Gezerre. Endlich geschafft fragte Jonne nach ihren Handschuhen, worauf sie erwähnte, dass die sich vorne in den Spitzen der Stiefel befanden und ob er nochmals zu freundlich sei, ihr beim Ausziehen der Stiefel zu helfen.«

»Wow, hat er ihr geholfen?«

»Nein, er entschied sich lieber für das Pusten und Schnaufen.«

»Hm und was macht er jetzt?«

»Jetzt spielt er gerade mit Elias Hockey, was nicht selten in spektakuläre Degenkämpfe ausartet, mit einer Marzipankugel und zwei Zuckerstangen.«

»Ja und was ist mit der Wettkampfstätte? Sollen die neuen Rentiere im Schnee ertrinken?«

»Nein, das nicht. Weißt du, wir hatten den Schnee so fest zusammengeschoben, dass uns die Schaufeln abgebrochen sind. Ich dachte schon, ich bekomme einen Herzanfall, so habe ich mich darüber aufgeregt.«

»Und dabei bist du hingefallen und alles hat über dich gelacht.«

»Stimmt«, erstaunte es Mika. »Aber woher wusstest du … ach hab ich dir ja erzählt, genau.«

»Geh jetzt zum Amboss-Wichtel, lass dir neue Schaufel machen und dann zum Logistik-Kuli und frage ihn, ob er dir zwei, drei Wichtel zum Schaufeln überlassen könnte. Ich will, dass jeder für die Vorbereitung eingespannt wird, damit die Veranstaltung ein großer Erfolg wird. Ein wichtiger Schritt in diese Richtung ist, im

vorauseilenden Gehorsam Dinge zu erledigen, damit der Chef zufrieden ist.«

»Äh … wer ist denn der Chef?«

»Na wer schon, Santa Claus natürlich oder dachtest du etwa der Osterhase?«

»Na ja …, wenn man bei Santa etwas mit den Ohren machen würde, dann …«

»Mika!«

»Ich meine ja nur.«

»Jetzt aber raus hier.«

## 10. Auch am Nordpol werden Wetten abgeschlossen, sogenannte Trau-Dich-Doch Wetten

Am nächsten Morgen machte Melvin sich erstmal auf, um in den Rentierstall zu kommen. Er wollte Rudolph besuchen, schließlich hatte er es ihm versprochen. Natürlich wollte auch seine Neugier gestillt werden, indem er Rudolphs Nase noch mal zum Leuchten bringt. Aber auch wenn Rudolph scheinbar alles genau versteht, so sollte man sich nicht dazu verleiten lassen, ihn zu bemuttern.

Um den Stoffwechsel so richtig auf Schwung zu bringen, entschied er sich, vorher erst mal bei Anni vorbeizuschauen, um sich einen schwarzen heißen Kaffee aufbrühen zu lassen, und zwar so ganz nach Santa Claus Manier.

»Hier dein Kaffee …, besonders stark, kolumbianisch, anregend und schwarz … mit wenig Zucker …, aber viel Sahne und einer Kopfschmerztablette.«

»Was soll ich denn mit einer Tablette?«

»Die Kopfschmerzen damit ersetzen.«

»Welche Kopfschmerzen, ich habe keine!«

»Ich weiß.«

»Was weißt du?«

»Na, das du keine Kopfschmerzen hast.«

»Und warum gibst du mir eine?«

»Weil du gesagt hast, dass du den Kaffee so möchtest, wie Santa ihn immer bestellt und der nimmt immer einer Anti-Kopfschmerz-Maßnahme dazu.«

»Wie kommst du darauf?«

»Na ja vor zwei, drei Wochen kam er, um wie immer seine morgendliche Starthilfe abzuholen. Dabei klagte er über Spannungsschmerzen im Kopf und bat um eine entsprechende Tablette, die ihm den letzten Schmerz rauben sollte. Klar gab ich ihm eine. Doch in Sorge um sein körperliches Wohlbefinden hatte ich versehentlich zu der falschen Tablette gegriffen und ihm ein Dragee geben, welche mir zu schöneren Haaren und Nägeln verhelfen sollte. Als er später wieder kam, meinte er, dass die Schmerzen wie von Zauberhand verflogen seien. Er fühlte sich pudelwohl wie nie zuvor und hätte ab sofort jeden Morgen zu seinem Kaffee eine Kopfschmerztablette. Ich hatte dann mit dem Medikus gesprochen und der hatte dann aus Traubenzucker ein paar Placebos gepresst, du weißt doch, diese Pillen mit dem Wirkstoff, der auf rein geistiger Ebene basiert, hundert Prozent natürlich und ohne Nebenwirkung, Placebos diese …«

»Ich weiß, was Placebos sind.«

»Er hätte auch ein Glas Wasser trinken können, um den gleichen Effekt zu erzielen. Tja manche glauben auch an alles.«

»Sag mal, du sprichst wie eine Achtzigjährige.«

»Hä? …, ich bin achtzig.«

»Oh!« Erstaunte es Melvin.

Elfen und Wichtel sind ganz besondere Fabelwesen. Sie können ein sehr hohes Alter erreichen und trotzdem durch ihr rundes, lustiges, verschmitztes Gesicht, ihren großen Kulleraugen, der strubbeligen Kurzfrisur in allen Farbtönen und trotz das sie sehr viel Lachen, dabei ihre Nase kräuseln, die Augen zukneifen, manchmal die Stirn runzeln, eine jugendliche Ausstrahlung besitzen und somit dem Zeichen der Zeit trotzen. Schnell wechselte Melvin das Thema und sprach:

»Morgen startet die große Talentshow. Was hältst du davon, wenn du was vorführst, ein Sketch oder so?«

»Ich bin da mal als tanzende Schneeflocke in unserem Partykeller aufgetreten und später als singendes Rentier. Das hatte schon tierischen Spaß gemacht.«

»Vielleicht solltest du über ein Comeback

nachdenken.«

»Wieso, willst du mich managen?«

»Na ja, eigentlich wollte ich schon immer einen Job haben, der mit viel Freizeit verbunden ist. Aber was mache ich, wenn dich morgen keiner mehr sehen will?«

»Nun die rollenden Steine sind selbst nach mehr als fünfzig Jahren noch nicht liegen geblieben, warum dann ich?«

»Du kannst dich doch nicht mit einer so hoch qualifizierten Rockgruppe vergleichen.«

»Hä-hä-hä, jetzt klingst du, wie meine Mutter.«

»Na gut lassen wir es. Ich muss jetzt weiter.«

Melvin trank seinen Kaffee aus und verließ das Haus. Draußen war es kalt, der Wind blies ihm ins Gesicht. Er schlug seinen Kragen hoch, um sich vor den kalten Wind zu schützen und stampfte dabei durch den Schnee. Jonne, Mika und Elias waren bereits dabei, die letzten Vorkehrungen für das große Event zu treffen.

An der Zielgeraden wurden die zwei mannshohen Schneemänner platziert, wobei das Aussehen dieser zwei aus feinen weißen Eiskristallen bestehenden Skulpturen, sehr unterschiedlich wirkte, wie der Unterschied zwischen Schwergewicht und

Bantamgewicht.

Während bei den einen drei unterschiedliche Schneekugeln der Größe nach und somit birnenförmig aufgestapelt wurden und damit der untere einen außergewöhnlich großen Bauch darstellte, wies die andere Figur eine betont weibliche Form in gekonnter Optik aus. Hier wurden zwei kleiner und für die Mittel eine etwas größere Schneekugel verarbeitet, was der Figur sexy Kurven verlieh. Zusätzlich wurden noch bei der mittleren Kugel zwei Ausbuchtungen geformt.

Elias war gerade dabei mit einer Sprühflasche die Schneeskulpturen mit Wasser zu besprühen, wodurch die oberste Schicht gefriert, an Festigkeit gewinnt und außerdem einen schönen Glanz erhält. Sie sind zwar bei Weitem keine Topmodels aber dennoch nett anzusehen.

»Morgen Melvin«, rief Elias plötzlich, als er ihn bemerkte.

»Morgen Elias.«

»Wie findest du meine neue Freundin?«

Es gibt Situationen, da entwickelt man eine ganz persönliche Verbindung zu seiner Beschäftigung, besonders dann, wenn man sich dabei stundenlang in einer ganz eigenen Fantasiewelt verliert.

»Sieht echt toll aus. Kennt ihr euch schon länger?«, fragte Melvin höhnisch.

»Nein erst seit gestern. Sie ist besonders kälteliebend. Jedes Mal, wenn ich sie umarme, fängt sie an zu schwitzen. Das geht auf Dauer nicht gut und würde ihre Anschaulichkeit stark beeinträchtigen. Ich würde sie ja gerne adoptieren, aber mit ihr dann in einer Tiefkühltruhe zu leben, möchte ich wiederum auch nicht.«

»Dann sag ihr das. Was ist mit der attraktiven Person neben ihr, die passen doch besser zusammen.«

»Meinst du?«

»Ja! Und du suchst dir dann eine liebe Elfe, mit der du nicht in einer Gefriertruhe leben musst und die bei einer Umarmung nicht gleich ins Schwitzen kommt. Für die Übergangsphase kannst du dann so lange die Partnerschaft für das Schneemädchen übernehmen.«

»Das ist eine gute Idee, so werde ich es machen.«

Wie auch immer. Manchmal muss man eben Freunde kurzfristig auf den Boden der Realität zurückholen, ihn einfach mal wieder auf den Teppich stellen.

Melvin ging weiter und gelangte zum Rentierstall. Die fünf neuen Rentiere

befanden sich wieder im großen Paddock. Hier wurde mit unterschiedlich hohen, aufeinander gestellten Barren und weit auseinanderliegenden Flächen ein Parcours errichtet, den die Rentiere im Springen überwinden sollen.

Doch Rentiere sind nicht dumm, bemerken sofort, dass hinter einem Hindernis immer noch weitere folgen, was sie dazu anregt, sie doch einfach mal zu umgehen.

Ohne von den Betreuerwichteln bemerkt zu werden, schlich sich Melvin an dem Paddock vorbei und landete im Rentierstall.

»Moin, Moin Jungs«, sprach er zu den Rentieren. Ein sehr praktischer Tagesgruß der norddeutschen Deichwächter, da man nicht lange auf die Uhr schauen muss, um zu wissen, ob man nun guten Morgen, guten Tag oder gar guten Abend sagen muss.

»Boäääh«, rief eines der Rentiere, schaute dabei kurz zu seinen Artgenossen und senkte dann wieder seinen Kopf. Eine Aussage, die soviel bedeuten könnte, wie: *Geh woanders stören.*

»Ihr seid noch müde, das sieht man euch an. Ich will auch gar nichts von euch, wollte nur wissen, wie es Rudolph geht und wo er hin ist.«

Wieder erhob das Rentier seinen Kopf,

schaute dabei zum Hinterausgang und schlug ihn dann kurz hoch.

Wenn man lange genug mit den Rentieren zusammenlebt, dann verstehen die Tiere jedes Wort. Nur deren Erwiderungen sind manchmal sehr ambivalent. So konnte der nonverbale Hinweis heißen: *Da hat der Zimmermann das Loch gelassen* oder aber auch: *Rudolph ist draußen zum Fang-mich spielen*.

»Okay, danke Jungs, dann wünsch ich euch noch viel Spaß bei eurer geistigen Aktivität.«

Melvin ging durch die Hintertür hinaus. Dort sah er Rudolph.

»Hallo Rudolph«, sprach Melvin. »Wie geht's? Morgen werden wir ein weiteres Rentier für Santas Schlitten auswählen. Weißt du, Santa ist der Mann, der jedes Jahr am Weihnachtstag den braven Kindern Geschenke bringt. Diesen Tag sollte man immer feiern, das ist sehr wichtig. Durch ihn werden wir immer wieder daran erinnert, dass jeder von uns ein Wunder ist, ausgestattet mit besonderen Eigenschaften, die uns zu eigenartigen Wesen machen.«

»Möähhh«, bemerkte Rudolph und seine Nase fing wieder an, leicht zu leuchten.

»Was? …, nein, das Alter spielt dabei keine Rolle. Es geht nur darum, dass man

merkt, dass das Leben eigentlich wundervoll sein kann.«

Melvin streichelte Rudolph über den Kopf, am Hals entlang der Mähne zum Kehlsack und wieder zurück. Genüsslich nahm er es entgegen und wirkte entspannt. Als Melvin aufhörte, stupste Rudolph in mit seiner Nasenspitze an und bat so um mehr und so kraulte er ihn weiter.

»Wir leben hier von und für Santas Spielwarenfabrik. Hier liegt die Forschung und Entwicklung, die Werkstatt und Fertigung, die Vormontage und Konfektionierung, die Holz-, Blech- und Kunststoffarbeiten, alles in einer Hand. Wir stellen für Babys, für Kleinkinder, für Mädchen und Jungen hochwertige Spielsachen her. Das Geschäft boomt und für glänzende Kinderaugen entwickeln wir doch gerne immer wieder neue Produkte.«

Eine kurze Pause trat ein. Melvin holte tief Luft. Dann sprach er weiter:

»Nein, Tourismus gibt es hier nicht. Wir sind hier etwas weit vom Schuss, deshalb kommt keiner her. Ist besser so, wir halten es auch lieber geheim.«

Huch, Melvin tat so, als wenn er die mimischen und gestischen Signale von Rudolph verstehen würde, als wenn er sich mental mit ihm unterhielte.

»Zu Weihnachtszeit ist immer Hochsaison, deswegen ist im Dezember immer viel los. Da muss alles für Santas Start vorbereitet werden. Es gibt sogar Menschen, die glauben nicht an Santa, die bezeichnen ihn als einen unhöflichen Gesellen, der ständig ohne zu fragen fremde Häuser betritt, dabei nicht mal anklopft, manchmal sogar durch den Kamin kriecht und sich wie bei Hinz und Kunz zu Hause fühlt. Aber manches lässt sich eben nicht beweisen. Man muss nur daran glauben.«

»Bist du unter die Alleinunterhalter gegangen?«, fragte plötzlich Nereus hinter Melvin, der das ganze Gespräch verfolgt hatte.

»Wer angeregte Selbstgespräche führt, ist noch lange kein Alleinunterhalter.«

»Du gehörst wohl auch zu denen, die morgens vor dem Spiegel stehen und zu ihrem Spiegelbild sagen: Ich kenn dich zwar nicht, aber ich rasiere dich trotzdem.«

»Zum einen, wie du an meinem Bart erkennen kannst, habe ich wohl eher Streit mit dem Rasierer und zum anderen, habe ich mich nur mit Rudolph ein wenig unterhalten.«

»Oh, doch kein Zwiegespräch zwischen dir und deinem Doppel-Ich? Wow. Weißt du, meistens sitzt das Haupt-Ich leicht versetzt

auf der linken Schulter und versucht einem zu motivieren, während das andere auf der rechten Schulter sitzt, und versucht dich zu demotivieren. Das wäre dann die Schattenseite deiner Persönlichkeit, die alle unerfüllten Wünsche, Sehnsüchte und dunklen Fantasien vereint. Sieh doch mal nach, ob da nicht wirklich einer sitzt.«

»Sehe ich aus wie ein Bildpaar, wo man den Fehler im rechten Bild suchen sollte?«

»Nein, aber mal Scherz beiseite. Hast du schon gehört? Im Logistikzentrum werden wetten abgeschlossen, welche Rentier morgen ganz oben auf dem Siegerpodest stehen wird.«

»Wetten?«

»Ja. Verlierer müssen irgendwelche Arbeiten der Gewinner übernehmen. Du glaubst gar nicht wie einfallsreich manche Wichtel und Elfen sein können.«

Melvin machte sich sofort auf den Weg ins Logistikzentrum, um zu sehen, was es mit den Wetten auf sich hat.

## 11. Manche kommen mit Drohungen sympathischer rüber, als andere mit Anmachsprüchen

Im Logistikzentrum standen einige Wichtel und Elfen wie eine Traube um Kuli herum. Sie verfielen teils mit rhythmisch wedelnden Armen und mit ohrenbetäubendem Geschrei in einen Rausch auf das bevorstehende Sportereignis.

Es schien so, dass sich fünf Teams gebildet haben, für jedes Rentier eins und das in verschiedenen Räumlichkeiten, wobei ein jeder versucht, das gegnerische Team durch Selbstbeweihräucherung herabzuwürdigen, wie bei einer Wahlkampagne. Um die Identifizierung der Tiere leichter zu gestalten, hatte man ihnen schon vorab eine Startnummer gegeben.

Melvin stand davor und überlegte, ob er sich am Wettgeschehen beteiligen sollte, doch von diesem Spiel, das verantwortungsvoll und selbstbestimmt genutzt wird, hatte er keine Ahnung und so hörte er erstmal zu, wie Kuli sich als Marktschreier bewies. Dabei ist es nicht notwendig, ein Produkt anzupreisen, das man verkaufen will, sondern es reicht lediglich aus, eine Kräftige durchdringen Stimme zu haben.

»Heiße Neuigkeiten sind gute Neuigkeiten. Das Blatt wendet sich«, sprach Logistik-Wichtel Kuli.

»Warum, was ist passiert?«, fragte man aus der Zuhörerschaft.

»Das schnellste Rentier ist nicht die Nummer drei, wie bisher angenommen, sondern seit dem letzten Lauf heute Morgen, die Nummer fünf und keiner weiß davon. Na dämmert es?«

»Dann sollen wir also auf die Nummer fünf wetten«, bemerkte ein anderer Wichtel. »Nummer fünf wird also unser Champ und die Nummer drei schlagen?«

»Genau und die anderen wissen noch nichts von dem Wandel. Das ergibt enorme Wettquoten. Im Moment ist dreimal eine Woche Wohnung putzen, dreimal eine Woche Wäschemaschen, sechsmal Kantinendienst, vierzehnmal Schneeschippen und achtmal Spätdienstübernahme als Gegenleistung angeboten worden.«

»Kein Interesse«, hörte man aus dem Pulk von Wichtel und Elfen.

»Oh man, das ist eine todsichere Sache. Ich habe da mal für euch ein paar vergleichbare Zahlen zusammengezählt.«

»Na dann müssen deine Finger ja gelähmt

sein«, belächelte einer die Ansage, worauf ein weiterer sein Bedenken äußerte:

»Oh ich sehe schon das Problem der gelähmten Finger vor mir, wenn er auf dem Klo sitzt, Durchfall hat und kein Klopapier in der Nähe ist.«

Und schon finden alle unwillkürlich an zu lachen. Die einen verfielen in schallendes Gelächter, die anderen in ein bellendes Jauchzen, einige unbeschwert und sanft, andere wiederum froh und ausgelassen.

Nicht umsonst sagt man, dass Lachen befreiend ist, befreiend von Anspannung, Stress, Ärger und Angst. Allein schon das Aussprechen des Vokals E verleiht dem Gesicht einen fröhlichen Ausdruck und kann so zu einer Stimmungsverbesserung führen.

»Kommt schon Freunde, die auf Rentier drei gesetzt haben, warten doch nur darauf, dass wir sie ausnehmen.«

»Hat dir das etwa eine buckelige, faltige, warzige, rothaarige, rau stimmige Hellseherin mit ihren Tarotkarten aus der Kaffeesatzleser-Branche prophezeit?«

»Nein, eigentlich mehr jemand aus der Sternleser-Fraktion mit ihrer Kristallkugel«, entgegnete Kuli.

»Was höre ich da, wir nehmen jemanden aus?«, sprach Anni, die gerade mit einem

Becher in der Hand hinzukam und ihn Kuli fragend überreichte.

»Die Nummer drei nehmen wir aus wie eine Weihnachtsgans. Wir haben ein Rentier, dass heute Morgen mit Abstand den schnellsten Parcours gelaufen ist. Es war die Nummer fünf. Die werden nur noch den exponentiell aufgetürmten Schnee zu spüren bekommen, wenn unsere Nummer fünf jedes Mal seine Klauen zum Sprint ansetzt.«

»Da bin ich dabei. Ich biete mal an …, hm…, äh … ja.«

»Möchtest du ein Vokal kaufen?«, fragte einer und alles fing wieder an, zu lachen.

»Seid doch mal still, ich muss doch erst mal überleben, was ich brauche.«

»Weck mich, wenn du im Wörterbuch bei den Buchstaben E angekommen bist?«, rief einer, worauf natürlich ein Wort das andere geben muss.

»Oder hast du aus Versehen den Ausknopf gedrückt?«

»Nein sie ist in sich gegangen und dort geblieben.«

»Ja so ist es nun mal im Leben. Die einen können sagen, was sie wollen, aber Anni hingegen muss erst warten, bis ihr was einfällt.«

»Von Weitem sieht aber Einfallen wie Einbildung aus.«

Wer den Schaden hat, braucht für den Spott nicht zu sorgen. So sind sie eben halt die Elfen und Wichtel, immer bereit, sich über jemanden lustig machen, ironisch zu kommentieren, zu verspotten, jemand durch den Kakao zu ziehen.

»So ich hab's«, rief Anni. »Ich würde gerne mal eine Woche lang nichts tun, abschalten, auf der faulen Haut liegen. Morgens lange schlafen, mittags mich in einem Bad mit ätherischen Ölen behaglich machen, dazu ein Glas Schampus, ein paar leckere Pralinees, ein bisschen Schnulzen-Lala und abends eine schöne Wellness-massage.«

»Du willst Wellness machen, mit dem Kopf auf einer Nackenrolle liegen und vor Wonne grunzen?«

»Ja, wenn es keinem großen Geist stört. Bei dir kommen ja nur die drei "R" ins Frage:      renovieren,      reparieren, restaurieren.«

Das war zwar nicht der größte Brüller, aber er reichte als Lückenbüßer.

»Ja, fuhr Anni fort, dafür brauche ich dann eine Vertretung für meinen Tresen.«

»Und, wenn du verlierst?«

»Sollte ich verlieren, was ich ja nicht hoffe, dann werde ich eine Woche lang den Weg zur Fabrik vom Schnee befreien und mit dieser weißen Pracht, aus Kuli Haus ein Iglu machen.«

»Und wenn es nicht schneit?«, fragte ein neben ihr stehender Wichtel.

»Dann hat Kuli Schwein gehabt und braucht in keinem Tiefkühlhaus zu wohnen. Und was ist mit dir, Schlaffi?«, entgegnete sie ihm, worauf der wiederum antwortete:

»Ich? Ich biete Luftgitarre gegen geistreiche Bemerkung, hä hä hä.«

»Oder … oder lieber Datteln gegen eine Capri-Sun.«

»Ey, ey wir sind hier doch nicht bei I-Bähhh«, bemerkte ein anderer, »und schon gar nicht bei Omazon, wo Dinge mit dem Schwerpunkt der Nutzlosigkeit angeboten werden«, und schon war das Gelächter wieder groß.

Wenn sie erst mal anfangen, sind sie wie kleine Miniaturkinder und finden einfach kein Ende.

»Kommt schon, das ist eure die letzte Chance«, und da entdeckte er auch schon Melvin. »Ey Melvin, wie ist es mit dir?«

»Nein danke.«

»Komm schon, das darf man sich nicht durch die Lappen gehen lassen. Stell dir mal vor, da ist jemand, der eine Woche lang deine Arbeit machen muss, weil er die Wette verloren hat. Dann kannst du jeden Tag zu einer offenen Stelle des Polarmeeres fahren und Angeln oder Seebären beobachten, wie sie unbemerkt sich an Robben heranschleichen. Du hättest dann eine Woche lang jeden Tag frei. Ich würde dich auch tagein und tagaus fahren.«

»Hat dir schon mal jemand gesagt, wenn du so schleimst, dass du unwiderstehlich bist?«

»Tja kannst mal sehen. Ich bin eben genial.«

»Du und genial? Vielleicht genial daneben. Aber mit deinen Drohungen kommst du sympathischer rüber als manch andere mit seinen Anmachsprüchen.«

Seine Fähigkeiten, wie ein Vertreter Nichtkunden solange zu nerven, bis sie zu Kunden werden, ist genetisch bei ihm verankert. Deswegen ist er auch der Koordinator für die Logistik, der Abgleicher, Abwickler, Arrangeur, einer der alles aufeinander abstimmt, harmonisiert, organisiert, richtet und verbindet, alles in Einklang oder unter einem Hut bringt.

Dabei bedient er sich zuweilen mit dem

Schnäppchenmarkteffekt. Eine psychologisch-taktische Vorgehensweise, bei der gering verfügte Güter besonders hervorgehoben werden, um das Interesse a la Torschlusspanik zu wecken, wie zum Beispiel der Hinweis eine Woche lang jeden Tag freizuhaben.

Es ist sein Instinkt, nach jeder Möglichkeit zu schnappen, aus einem Herbst einen Altweibersommer zu machen.

Melvin ging weiter und auf seinen Weg ins Büro hörte er überall Getuschel. Es ist die Euphorie auf das morgige Spektakel. Ein jeder wollte wissen, was und auf wen er gesetzt hatte.

Plötzlich spürte Melvin wie etwas auf seine Schulter tickte. Er drehte sich um und starrte in das Gesicht, nein er starrte erst auf den Brustkorb, dann hinauf in das Gesicht von Elif.

»Was gibt es?«, fragte er ein wenig genervt.

»Ich wollte nur danke sagen.«

»Wofür?«

»Na, weil du dich so um ein neues Rentier kümmerst. Weißt du, was ich an dir liebe?«

»Wenn du so kommst, mein Kind, wird es meistens in Arbeit ausarten. Was hast du denn jetzt wieder auf dem Herzen?«

»Gar nichts, ich wollte nur nett zu dir sein. Du weißt, ich hab dich in meinem Leben noch nie angelogen. Ich vertraue dir einfach, du bist einer, der all meine Geheimnisse kennt.«

»Na ja, manchmal tust du auch so, wenn du erzählst, als wenn ich ein Priester wäre.«

»Ausgenommen Santa natürlich, den vertrau ich auch voll und ganz, na ja und jedes Geheimnis … es wäre doch kein Geheimnis, wenn man es ausplaudern würde, oder Papilein?«

»Aha, Papilein! So und nun las mal den Priester aus dem Gewand. Was willst du wirklich?«

»Ich wollte dir nur sagen, du tust für andere so viel und erwartest nie etwas dafür. Ich meine, wenn ich danke sage, hörst du das überhaupt? Schließlich sind wir hier nicht bei einem orgiastischen Fressrausch, wo nach Herzenslust die Speisekarte rauf und runter gefuttert wird.«

»Danke mein Kind, aber wenn du so schmeichelst, steckt meistens etwas dahinter, also raus mit der Sprache.«

»Weißt du, ich hätte da ein Geschäft für dich, von dem du nicht mal in der Pubertät geträumt hattest.«

»Aha, und was soll es ein?«

»Eine ganz tolle Sache, die dich vom Hocker reißen wird.«

»Und was soll das sein? Eine Scheinexistenz, die das Gegenteil von allem ist und im Wettbewerb mit dem Nichts steht?«

»Nein so was nicht. Es wird zu deiner persönlichen Anforderung passen und dir lang ersehnte Wünsche erfüllen. Du kannst dabei neue Kräfte schöpfen, zur Ruhe kommen und dich mal so richtig erholen.«

»Erholen, aha … jetzt weiß ich wie der Maulwurf seinen Tunnel gräbt. Es geht um den morgigen Wettbewerb und … wer ist dein Favorit?«

»Die Nummer eins. Eine Zahl, die im dualen Binärsystem sich nur mit der unterlegenen Null das Feld teilen muss. Und wer ist deiner?«

»Ich habe keinen Favoriten.«

»Jeder hat ein Favorit.«

»Ich nicht, ich wette auch nicht.«

»Warum nicht, ich würde dir gern als Gegenleistung das Tanzen beibringen. Du weißt doch diese Sportart, wo der Muskelaufbau, die Motorik, die Koordination und der Gleichgewichtssinn gefördert wird.«

Elif ist eine gute Tänzerin und kann neben

den klassischen bekannten Standardtänzen auch andere Tanzstile und Tanzarten bis hin zu Formationstänzen ausführen.

Allerdings sticht sie mit ihrer menschlichen Größe zwischen den Elfen und Wichteln besonders hervor, wobei sie immer ihr Bestes gibt, sich nicht unbedingt in gebückter Haltung zu bewegen, um den leicht vorhandenen Ansatz eines Buckels nicht weiter zu kultivieren.

»Du meinst das Herumzappeln, als wenn man Schüttelfrost hat oder als wenn man dringend aufs Klo musst?«, entgegnete Melvin ihr. »Nein, kein Bedarf.«

»Du kannst doch so eine Chance nicht verschenken. Die Nummer eins hat Starqualitäten, ausgesprochene Starqualitäten. Du hättest das Rentier mal sehen sollen, wie es sich bewegt, so elegant, aufregend.«

»Nein, nein und nochmals nein.«

»Na gut, war ja nur mal ein Vorschlag. Du kannst dir das ja trotzdem noch mal überlegen.«

Damit fand das Gespräch sein Ende und Melvin konnte sich endlich in sein Büro zurückziehen.

## 12. Es kam der Tag, wo man Wetten gewinnt oder verliert

Den gestrigen Tag hatte Melvin ohne Weiteres überstanden. Er verließ sein Büro erst zur späten Stunde, um sich nicht noch weiter von dem Wett-Spektakel animieren zu lassen, die nur seine Arbeit lähmen würde.

Heute ist der Tag, auf den alle hin fieberten, den man ersehnte, den man bis dato zählte und, der nun endlich gekommen war, der Tag der Entscheidung, welches Rentiere nun zusätzlich vor den Schlitten von Santa Claus gespannt wird.

Eigentlich fieberten die Elfen und Wichtel eher daraufhin, wer nun welche Wette gewonnen hat und wer nun um seine Freizeit bangen muss. Einige der Verlierer dürfen eine Woche lang die Wege vom Schnee befreien, das Haus des Gewinners aufräumen, den Müll rausbringen, Bad und Küche putzen, Kleidung waschen und nähen und Zimmer staubsaugen. Andere in der Kantine das Geschirr abwaschen und die Einrichtungen putzen, eventuell Essen kochen und Kuchen backen und ihre dann noch verbleibende Freizeit mit dem Lesen von Kochbüchern und Strickanleitungen verbringen.

Während die Gewinner eine Woche lang

im Energiesparmodus arbeiten, beziehungsweise auf Stand-by schalten oder auf der Couch vor sich hin schimmeln, erwartet man, dass der Besiegte nicht die Nerven verliert, sondern das er zuverlässig, charmant und von Energie geladen als Putzlappenjongleur, Staubpartikeldompteur, Vileda-Modell, Fußbodenkosmetiker sowie als Blockbuster für die Schneebeseitigung seine Aufgaben gewissenhaft verrichtet.

Frühzeitig stand Melvin auf, um schon mal im Vorfeld als Spielzeug-Direktor, Weihnachtsingenieur, Office Commander, Top-Manager und schreibkundiger Sekretär des Magnaten in Rot/weiß die wichtigsten Aufgaben des Tages zu erledigen.

Danach der beständige Rundgang durch die Fabrik, mit kurzem Halt auf einen Morgenkaffee bei Anni. Doch Anni war gerade in einem Wortgefecht mit Wichtel Adam verwickelt, wobei sie meinte:

»Du hast einen recht schmutzigen Blick für einen so frühen Morgen.«

»Ich wollte damit nur danke sagen, für den netten Abend gestern.«

»Den hast du aber nicht mit mir verbracht.«

»In meiner Fantasie schon.«

»Fantasie ist ein Stoff, aus dem

Geschichten und Märchen gemacht werden.«

»Ja eben! Da meine Gedankenverwirbelungen bei dir kein Erfolg haben, lass mir wenigstens meine Fantasie. Weißt du, ich bin einsam, sehr einsam, verdammt beschissen einsam sogar. Sicher ich habe meinen Job der mich erfüllt, aber möchtest du nicht auch die Wärme eines Wichtels empfinden, der dich vor der Kälte schützt, wenn sie versucht in deine Knochen zu kriechen und dich innerlich zum Erfrieren bringt? Möchtest du nicht auch den Hauch des Atems empfinden, wenn deine Kurven liebkost werden; wenn plötzlich dein Herz schneller schlägt und du spürst, wie sich Schweißperlen auf der Brust bilden?«

»Sollte das eine plumpe Anmache sein?«, fragte Anni und passte ihre Mimik der Individualität an. »Kommt jetzt noch der Spruch: Deine Augen passen prima zu meiner Bettwäsche? Oder dass ich eine fantastische Elfe bin, dass meine Lippen, meine Haare einfach göttlich sind; dass ich die schönsten Augen habe, die du jemals gesehen hast und dass wir einfach perfekt zusammenpassen?«

»Äh … hm … ja.«

»Hattest du nicht Candise schon versprochen, mit ihr die Welt zu erobern?«

Sichtlich irritiert über diese forsche Art von Anni, versuchte Wichtel Adam eine entsprechende Antwort zu finden, doch es kam nichts Richtiges aus ihm heraus:

»Ich meine …, wir beide …«

Der Boden schien überspannt, das Fass lief über und während Wichtel Adam nach passenden Worten suchte, bemerkte sie Melvin, der mit langsamen Schritten auf sie zukam. Ohne, dass das Lagerfeuer lange gelöscht wird, unterbrach er das Gedruckse:

»Oh entschuldige, aber ich muss jetzt arbeiten.« Dabei stützte sie sich mit beiden Armen auf dem Tresen ab und sprach zu Melvin:

»Welch Glanz an meinem bescheidenen Tresen.«

»Ich dachte du muss arbeiten, wie ich gerade hörte«, sprach Melvin.

»Erstens ist im Moment nicht viel los und zweitens lasse ich prinzipiell alles fallen, wenn du mich besuchst.«

Nach dieser Äußerung, die alles Vorhergesagte in den Schatten stellte, verdrehte Adam kurz die Augen und verschwand dann im Schatten einer der naheliegenden Werkstätten.

»Kaffee wie immer?«, fragte sie daraufhin, so als wäre nichts gewesen.

»Wie immer«, antwortete er. Dabei schaute er sich um, in dieser doch so großen Halle, wo sich in jede einzelne Nische eine Werkstatt befand, die geräuschvoll ihr Treiben präsentierte.

So hörte man das wiederholte Quietschen der Kreissäge einer Tischlerei. Ein Geräusch, als wenn ein defekter Düsenjet mit letzter Kraft versucht, hier mitten in der Halle zu laden.

Verhallt dieses Geräusch, tritt ersatzweise die Schleifmaschine in Aktion. Sie ist für die Oberflächenbearbeitung zuständig, um den zu bearbeitenden Gegenstand zu glätten und ihm so seine endgültige Form zu geben. Das wiederum hört sich an, als wenn man mit dem Fingernagel über die Oberfläche einer grün beschichteten Schultafel fährt.

Neben der Tischlerei wurde gehämmert, geklopft und genagelt. Hier wurden einzelne Teile in sich zusammengefügt. Dabei ist die einfachste und schnellste Methode, das Nageln, das Einschlagen von Metallstiften. Dies erfordert ein handwerkliches Geschick, wenn es von Dauer und dazu noch schön aussehen soll.

In der äußersten Ecke eine Schmiede, eine Werkstatt, die mit Metall arbeitet. Hier sprühten Funken aus einer mit brennender Steinkohle gefüllten Esse heraus. Eine Feuerstelle, die mit einem Blasebalg

betrieben wird, um mehr Sauerstoff für die Verbrennung zur Verfügung zu stellen, damit so die Kohle schneller verbrennt und mehr Wärme an das Metall abgegeben wird. Anschließend, nachdem das Metall zum Glühen gebracht wurde, der schwere Schlag auf dem Amboss, um es in eine gewünschte Form zu bringen. Ein helles Klirren ertönte.

Von überall her erschallen Töne, die von motorisch angetriebenen Werkzeugen bis hin zu manuellen Tätigkeiten herrühren.

Im oberen Bereich geht es wesentlich ruhiger zu. Hier befinden sich auf der einen Seite die Nähstuben und Schneidereien sowie die Malerei, die Modellierkunst und die Herstellung von Skulpturen. Auf der anderen Seite die Entwicklung ausgefallener Design und die Verbesserung vorhandener Produktkonstruktionen.

Zwischendurch hörte man immer wieder das Getuschel der Wichtel, die neugierig mit den Wettergebnissen spekulieren. Es ist wie das Tauziehen über einen Fluss. Wer zuerst im Fluss landet, ist nicht nur nass, sondern hat auch verloren.

»Was meinst du, wer wird gewinnen?«

»Ich habe gehört, dass die Nummer zwei in Bestform sein soll.«

»Ach Quatsch, den musst du noch ein Ballen Heu hinterherwerfen, damit der

unterwegs nicht verhungert.«

Eine andere wiederum sprach mit bewegter Stimme zu ihrer Gleichgesinnten:

»Mein Rentier muss einfach gewinnen.«

»Warum?«

»Na ja, ich habe da so eine kreative Art der Haushaltsführung. Man sagt, es sehe aus wie Dresden '45. Na ja und da habe ich mir gedacht, dass der oder die Verliererin vielleicht mein mühseliges und schweißtreibendes Chaos ein Ende setzen könnte.«

»Dein Kaffee«, bemerkte Anni, worauf Melvin zusammenzuckte und sich von den Gesprächen der Wettteilnehmer abwandte.

»Heute werde ich gewinnen«, sprach Anni und hatte dabei einen geistesabwesenden Blick.

»Wer wird gewinnen?«

»Na die Nummer fünf natürlich und somit auch ich.«

»Das gönne ich dir, sonst müsstest du schaufeln. Aber dabei wirst du dich wie ein kleines Mädchen fühlen.«

»Meinst du? Es wird aber so weit nicht kommen.«

»Und wenn doch? Skip der Wetterprophet

meinte, dass nächste Woche mit so viel Schnee zu rechnen ist, dass man sich wünschte, nie wieder Schnee sehen zu müssen. Erst sollen dreißig Zentimeter von dem weißen Zeug fallen, dann sechzig und zum Schluss sogar über ein Meter.«

»Willst du mir Bange machen?«

»Nein warum sollte ich? So spielt das Leben. Der Wind wird drehen, es wird kälter, aber du kannst dich ja beim Schaufeln aufwärmen.«

»Ha-ha-ha, sehr witzig.«

»Oder siehe es mal von der anderen Seite. Du kommst nach deiner Schicht nach Hause und siehst, dass der Frühstückstisch noch nicht abgeräumt ist. Keine Zeit dafür, du musst erst Schneeschippen. Am nächsten Morgen siehst, dass der Frühstückstisch immer noch nicht abgeräumt ist, so landet erstmal alles in der Spüle. Der darauffolgende Tag vergeht genauso, für solche Kleinigkeiten hast du keine Zeit, du muss ja schließlich noch Schneeschippen und so landet wieder alles in der Spüle. Nach sechs Tagen findest du kein sauberes Messer mehr. Der Grund ist schnell gefunden: Die Spüle ist völlig überladen. Krümel kleben dir bereits unter den Schuhen, sodass man denken könnte, dass man bei dir vom Fußboden isst. Was nun?«

»Ja und …, ich wohne ja schließlich nicht im Schaufenster eines Möbelhauses.«

»Nein, eines Möbelhauses nicht aber …«

»Äh … entschuldige, wenn ich dich unterbreche«, sprach Anni plötzlich, »aber vermisst du was?«

»Wer ich? … Nein, was soll ich vermissen?«

»Na vielleicht deine Nase. Ich habe sie gerade in meinen Angelegenheiten gefunden und möchte sie dir zurückgeben.«

»Ach, der Gedanke an dein Geschirr in der Spüle, an den Krümeln an deinen Füßen bringt wohl dein Blut zum Kochen, was? Na ja verständlich, wenn man bedenkt, dass bei den Schneemassen, die da kommen, womöglich das Dach noch freigeschaufelt werden muss, bevor es einstürzt.«

»Das ist ja wohl das Dämlichste, was ich je gehört habe.«

»Na ja warten wir es doch einfach mal ab. Ich wünsche dir zumindest, dass du gewinnst. Andernfalls weißt du, was dir bevorsteht.«

Melvin trank seinen Kaffee aus und verließ die Halle. Er hatte Anni mit seiner Schneeschaufel-Hausarbeits-Theorie auf die Schippe genommen. Doch sie wird schnell merken, dass es ein Ulk war, ein Ulk, der

bestimmt nach Vergeltung ruft.

Draußen war es kalt, es hatte über Nacht wieder geschneit. Eine riesige Decke aus weißem Schnee hatte die Landschaft überdeckt und jeden einzelnen Fußandruck wieder mit dem weißen Puder gefüllt.

Heute Nachmittag ist es endlich soweit und da jedes Fest eine einzigartige Live-Show ist und die Festtagsausstattung nicht dem Zufall überlassen werden sollte, entschloss Melvin sich, nach dem rechten zu schauen. Schließlich ist neben der richtigen Planung auch die Projektierung wichtig.

Kurz darauf stand er vor den zwei Schneemännern an der Zielgeraden. Er betrachtete diese beiden exorbitanten Geschöpfe genau, bemusterte sie eingehend von allen Seiten und überlegte dabei, mit wem doch dieser Sumo-Ringer und die Grazie Ähnlichkeiten hätten.

Die eine Figur aus Schnee trug eine lange rote Kutte über einen außergewöhnlichen korpulenten Bauch, der sich allerdings standhaft gegen den Zwang eines Gürtels wehrte. Dazu eine Gesichtsbehaarung aus Holzwolle, eine überdimensionale Laugenbrezel als Sehhilfe und eine Pudelmütze als Kopfbedeckung mit einem aparten Detail: ein monumentaler Bommel. Als Arme dienten mehrere Schneebälle, die aneinander gepresst wurden und wiederum

einen aus Reisig gebundenen Besen hielten.

Die andere etwas zierlichere Figur trug ein grünes Kleid in Samtoptik, mit zwei ausgepolsterten, Ausbuchtungen, die man als weibliches Erkennungsmerkmal bezeichnen kann oder auch als die schönsten Augen der Welt und dessen Größe der Einfachheit halber für männliche Geschlechter mit Buchstaben verstehen wurden.

Dazu trug sie einen passenden Hut mit weißem Rand und einen roten Gürtel, der besonders die Taille betonte. Auch hier wurden als Arme mehrere kleine Schneebälle aneinander gepresst die, allerdings im Unterschied zum Besen, eine Handtasche hielten und somit die Weiblichkeit noch weiter unterstrich.

Mika, einer der Wichtel, der für die professionelle Ausstattung der Veranstaltung zuständig war, stand plötzlich neben Melvin und betrachtete ebenso das Werk.

»Mit welchen exorbitanten Lebewesen haben diese Geschöpfe eine Ähnlichkeit?«, bemerkte Melvin und rieb sich dabei sein Kinn. »Das sieht nach einem Pärchen aus.«

Mika stand daneben, rieb sich ebenfalls das Kinn und meinte:

»Stimmt irgendwie. Vielleicht nach einem menschlichen Pärchen?«

»Menschliches Pärchen?«

»Ja.«

»Was für ein menschliches Pärchen?«

»Na ja, vielleicht nach Santa und Elif?«

»Santa und Elif?«, bemerkte Melvin skeptisch.

»Wäre doch möglich, oder?«

»Hm … er könnte auch gut als Mietstudent durchgehen, einer der den Weihnachtsmann auf den Betriebsfeiern spielt und sie …, na ja anderes Kostüm, Harfe und Flügel und sie könnte ihn als Engel begleiten. Aber irgendwie hast du recht, die Ähnlichkeit mit Santa ist unverkennbar. Nur die Körperproportionen stehen in keinem Verhältnis.«

»Ja Sport lohnt sich eben.«

»Seit wann treibt Santa Sport?«

»Nicht?«

»Nein, aber …, so als Schneemann sieht er eigentlich gut durchtrainiert aus?«, bemerkte Melvin etwas spöttisch und blickte dabei bezeichnend auf den immensen Bauch.

»Tja du kennst doch unseren Boss. Was meinst du, was er für Schwächen hat?«

»Na ja eigentlich Kekse und Milch. Überall

wo er hinkommt, bekommt er Kekse und Milch. Alles dreht sich bei ihm nur noch um Kekse und Milch.«

»Ja, deswegen ist er auch wohl so dick, weil der Arme das alles essen muss.«

»Das liegt wohl eher an seinem Stoffwechsel. Er ist ein Mensch und der Jüngste ist er auch nicht mehr. Aber lassen wir das. Was machen die Vorbereitungen für die heutige Veranstaltung?«

»Alles bestens. Seit den frühen Morgenstunden arbeiteten wir daran, die Flächen von dem nächtlichen Schnee zu befreien und nun ist er weg.«

»Gut.«

Melvin stampfte daraufhin durch den Schnee hin zum Rentierstall, um einmal Rudolph guten Tag zu sagen und um zu sehen, ob die neuen Rentiere bereits sind, für das große Gefecht.

»Meiner ist bereit für mich alles zu geben, denn er weiß, er ist der Champ«, berichtete einer der Betreuer.

»Ach komm schon der ist doch ein widerlicher Feigling, hat doch keinen Mumm in den Knochen«, zeterte ein anderer.

»Hach, wenn meiner erst mal im Ziel ist, werden wir euch ins Gesicht lachen«, dementierte ein weiterer.

»Ich sehe«, mischte sich Melvin ein, »ihr seid auf alle vorbereitet. Dann seid wachsam und nicht so angespannt, gebt euer Bestes, amüsieren könnt ihr euch danach.«

Daraufhin führte sein Weg weiter, worauf der letztendlich vor Rudolph stand. Während er mit der Hand durch die weiche Mähne am Hals fuhr und sich seinem Atemrhythmus anpasste, sprach er:

»Was auch immer draußen geschehen mag, was der Tag auch Erfreuliches oder für manche auch Unerfreuliches bringen mag, alles das hat nichts mit dir zu tun. Die Meisten wissen gar nicht, dass es dich gibt, aber das wird sich bald ändern. Ich freue mich, dass du hier bist und für uns alle da sein wirst.«

Daraufhin ließ Rudolph wieder mal seine Nase leuchten. Er versteht nun mal eben, was man ihm sagt und ich glaube, er hat sein neues Zuhause gefunden.

## 13. Um den Hügel zu besteigen, hätte man auch eine Treppe mit Geländer anbringen können

Der Nachmittag kam. Rechtzeitig beendeten die Elfen und Wichtel ihr kreatives Schaffen und begaben sich frühzeitig zur Wettkampfstätte, um sich einen brillanten Platz am Parcours zu sichern.

Die rot/weißen Hirtenstäbe, mit ihren nach unten ausgerichteten Lichtspendern, verbreitete dem Umfeld eine harmonisch perfekte Stimmung.

Zusätzlich standen zwischen den Randbeleuchtungen geschmiedete dreieckige Feuerschalen. Hierbei hatte man die hinteren beiden Bleche höher gezogen, um die Wärme dahin zu reflektieren, wo man sie braucht und gleichzeitig die Flamme des lebendigen, wärmenden und prasselnden Feuers vor Windeinflüssen zu schützen. Ein attraktiver Eyecatcher mit besonderem Flair, der eine tolle Atmosphäre verbreitete.

Heute werden Gegensätze aufeinanderprallen, die verschiedener nicht sein können. Es ist nur noch kurze Zeit bis zum Start. Die Stimmung steigt, die Fans können kaum noch das Spektakel abwarten.

Bereits heute Vormittag hatte die Jury die

Betreuer zu einem letzten Briefing zusammengerufen und die endgültige Aufstellung und den Ablauf besprochen. Jetzt ist sie dabei, sich mit Ferngläsern zu bewaffnen und ihre Plätze einzunehmen.

Auch die hauseigene Klatschpresse steht mit Kamera filmbereit postiert und der Sportmoderator hat bereits seine Position am Mikrofon eingenommen, um verbindende Worte über das Geschehen zu sprechen:

»Achtung Wichtel und Wichtelinnen äh … Wichtelfrauen … ne … Elfen meine ich natürlich. Hier ist euer Sport-Kommentator. Gleich wird hier das …, äh …, na das, das Dingsbums da starten, das Rentnermarathon, ne quatsch das Rentiermanon äh –Ballett, na ihr wisst schon, das Laufen von Pontius zu Pilates. Live und mit modernster Technik werde ich versuchen, das Geschehen zu komm …, komm …, äh … zu erklären. Frei nach der Devise: Wenn alle Kerzen brennen, muss der Karren rennen, wünsche ich euch viel Spaß. Ente äh Ende.«

So ein Kommentator hat die Aufgabe, dass Geschehen zu erklären und Dinge zu beschreiben, die man gegebenenfalls auf den hinteren Bänken nicht sieht, welche dann mit völlig nutzlosen Hintergrundinformationen garniert werden, damit ein jeder das Gefühl bekommt, einem

historischen und weltbewegenden Ereignis beizuwohnen.

Zwischenzeitlich tänzelte auch Santa dem Parcours entgegen und stellte sich neben Melvin.

Sein Atem bildete kleine Wolken in der kalten, kristallklaren Luft, die in immer kürzeren Intervallen geradewegs aus den Tiefen seines schneeweißen Bartes gekrochen kamen.

»Hey, wann geht's los?«, fragte er und schaute dabei zu Melvin herunter.

»In etwa zehn Minuten, denke ich.«

»In zehn Minuten?«

»Hm, bestätigte Melvin.«

Santas Blick glitt hinüber zu Elif, die sich selbstlos zu amüsieren schien, mit den anderen beiden Jury Mitgliedern höllisch ablachte und sich dabei vor lauter Frohsinn auf die Schenkel klopfte. Ja Witze erfreuen sich immer wieder erstaunlicher Beliebtheit. Meist kommt ein Witz selten allein, wobei allerdings nicht jeder Witz in jeder Situation funktioniert.

»Eifersüchtig?«, fragte Melvin scharfzüngig.

»Wer ich? Nein … wieso? Wie kommst du auf den Quatsch?«

»Na ja …, weiß nicht, aber irgendeine Sucht wird es schon bei dir sein.«

»Nein, nein solche Beziehungskiller kennen wir nicht. Elif findet mich so in Ordnung, bin attraktiv, intelligent und sehe gut aus. Wenn ich morgens vor dem Spiegel mich betrachte, dann klatsche ich mir immer auf meinen Bauch und sage zu mir: Jo das sieht gut aus. Wenn man erstmal anfängt, an sich zu zweifeln, dann treten diese Angstgefühle auf, jemanden verlieren zu können.«

Plötzlich wurde das Gespräch durch die Stimme des Kommentators, die durch das Druckkammerlautsprechersystem  schallte, unterbrochen.

»Hallo. Ich stehe hier an der Startlinie unseres Crazy Reinrede Championship. Normalerweise würde man hier aufgeregte Rentiere beim Aufwärmen sehen, doch wie ihr seht, ist nichts Warmes an diesem Tag. Deshalb befinden sich die Teilnehmer noch im Stall, der auf Sommerbetrieb eingestellt ist.«

Am Spielfeldrand standen die Wichtel und Elfen und unter tosenden Applaus wurde hier die Eröffnungsfeier eingeleitet. Die Menge jauchzte, jubelte und frohlockte. Dann war es soweit. Der Fackelläufer wurde angesagt:

»Und nun ist es soweit, begrüßt mit mir, mit einem begeisterten Befall äh … Beifall den ölzweiggekrönten Wichtel Genius, der hier gleich mit einer brennenden Lampe einlaufen wird.«

Alles blickte zur Startlinie und wartete gespannt auf den Einlauf des Wichtels mit der Lampe in der Hand. Die Spannung stieg, nur noch ein Bruchteil einer Sekunde und sie konnten Wichtel Genius mit einem tosenden Beifall begrüßen. Doch es tat sich nichts. Was ist passiert?

»Etwas Schreckliches ist geschehen«, schalte es aus den Lautsprechern. »Wichtel Genius ist wohl über einen Schneeball gestolpert und … und … nein … auch das noch. Die Lampe ist in den Schnee gefallen und …, sie ist ausgegangen.«

Doch Elfen und Wichtel wären keine Fabelwesen, wenn sie sich nicht zu helfen wüssten. Sofort wurden ihm zig Feuerzeuge und Streichhölzer zugeworfen, sogar eine der Feuerschalen wurde ihm gebracht, um die Lampe wieder zu entfachen. Und kaum wieder auf den Beinen schallte es abermals aus dem Lautsprecher:

»Ja und siehe da, mit ein paar blauen Flecken und ein paar Schrammen reicher, läuft er wieder, der … Lampenläufer.«

Und dann sahen ihn alle, wie er

gehobenen Hauptes stolz, die Lampe hoch in der Hand haltend auf den Hügel zulief. Von nahen sieht so ein Hügel doch höher aus, als man es von weiten vermutete. Doch Schluss mit lustig! Hier hilft keine Stundenlanges starren auf ein weißes Stück Papier, hier muss man durch und so begann Wichtel Genius mit dem Aufstieg. Bereits nach wenigen Metern pfiff er aus dem letzten Loch, dennoch war er entschlossen zu kämpfen und er hatte zu kämpfen.

Mühsam erklomm er zu Fuß den Hügel auf nicht befestigten Wegen. Eigentlich hätte man auch ruhig eine vernünftige Treppe mit Geländer anbringen können, um so ein Hügel zu besteigen. Doch er war nicht allein. Alle Wichtel und Elfen von Christmas Village standen hinter ihm, riefen ihm zu, spornten ihn an und beobachteten, wie wenig sich doch Qualität von Qual unterscheidet.

Dann hatte er sein Ziel erreicht und entfachtet mit der Lampe das in einem gitterartigen Feuerkorb liegenden Brennreisig.

Brausender Beifall erklang mit hysterisch kreischenden Bewegungen, als wenn er der Bandleader einer Rockgruppe wäre und man nun zeigen wollte, dass man der größte Fan dieser krassen Musikrichtung sei.

»Ja die ganze Zeit hatte Wichtel Genius die Lampe an, eine stolze Leistung«, sprach

der Moderator. »Und nun folgt Wichtel Emanuel. Er wird mit erhobenem Haupt und einem im Wind wehendes, auf einem Stock angebrachtes, Stück Stoff einlaufen, welches unter Fachleuten auch als Fahne bezeichnet wird.«

Und im selben Augenblick betrat er auch schon die Wettkampfstätte. Er trug eine Balifahne, einen zweieinhalb Meter langen Banner mit einer schwungvoll nach oben gebogenen Spitze. Als Motiv wurde der Weihnachtsmann gewählt, wobei die gebogene Spitze eine Mütze darstellte und am Ende einen beträchtlichen Bommel trug.

Gleich danach zogen Elfen ein, mit überdimensionalen Pompons in den Händen, die dessen Armbewegungen im Rhythmus eingebildeter Musik optisch unterstreichen sollten. Dahinter ein feuerroter Schlitten, welcher von vier zu Rentieren umgekleideten aufrecht gehenden Wichteln gezogen wurde und die Aufschrift trug: 1. CRC Crazy Reindeer Championship.

Zuletzt folgten die fünf Rentiere mit ihren Betreuern. Jedes Tier hatte seine Startnummer an der Trense, die so groß aufgezeichnet wurde, dass selbst der Letzte in der Reihe ohne Brille sie erkennen konnte.

»Und hier ist er wieder euer Mikrofon-Animateur und begrüßt zugleich die fünf

Teilnehmer mit den apachenpfeilartigen Beinen, die für das Wett-Chaos verantwortlich sind, wo ein jeder versucht ein Schnitzel gegen ein Kotelett zu tauschen. Tja Geiz ist geil, aber so fangen die meisten Folgen von Notruf an. Die erste Disziplin wird ein fünf Runden-Rennen sein, also ein Rennen über fünf Runden. Möge der Schnellste der Erste sein.«

Die fünf Rentiere wurden in ihre Startposition gebracht und warteten darauf, dass Elif das Signal gab. Eigentlich könnte jeder an dem Rennen teilnehmen, Wichtel, Elfen, Santa Claus und die Rentiere. Doch das wäre unfair, denn ein vierbeiniges Rentier kann schneller laufen, als ein zweibeiniges Fabelwesen. Es wäre ja genauso, als wenn alle Wichtel und Elfen im Boot sitzen und rudern, während das Rentier Ski fährt.

Nur noch wenige Sekunden bis zum Start. Aufgeregt standen alle da und fieberten, riefen ihren Schützlingen ermutigende Worte zu:

»Den schaffst du mit Leichtigkeit, das ist ein schlapper Sprinter.«

Ein anderer wiederum rief:

»Und vergiss nicht, wir haben auf dich gesetzt.«

»Mach sie fertig«, rief ein Weiterer und

dann der Kracher:

»Falls du lieber auf Adrenalin aus bist, dann versuch doch mal, mit dem Mountainbike die Eigernordwand hinunterzufahren.«

»Oder hinauf, wenn du lieber auf Entspannung stehst«, bemerkte ein Anderer.

Alle lachten, sangen und klatschten, jubelten, strahlten und kreischten. Es war wie der hysterische Beginn einer Party, wie die Belustigung in einem grotesk-naiv-törichten Kichergewand.

»Hast du auch gewettet?«, fragte Santa.

»Nein. Ich bin dafür, dass alle gewinnen und sollten sie dennoch alle verlieren, so geht die Welt davon auch nicht unter. Und du?«

»Mich hatte man vergessen zu fragen, obwohl ich gerne als Gegenleistung eine Fahrt mit dem Kanu angeboten hätte.«

»Eine Kanufahrt?«

»Ja …! Aber die Viktoria Fälle in Simbabwe herunter.«

Und wieder unterbrach der Kommentator-Wichtel und berichtete:

»So alle mal herhören es geht gleich los. Fünf Runden werden auf dieser Gewinn- und

Verluststrecke gelaufen und damit keiner mogeln kann, ist am Ende der Bahn ein Checkpoint mit Spekulatius und Glühwein-Ausschank aufgestellt worden. Also aufpassen, gleich lässt Elif ihr Rotz- … äh ihr Taschentuch fallen, und sobald der Schnodderlappen den Boden berührt, geht's los.«

Elif hielt den Arm hoch und zwischen Daumen und Zeigefinger das besagte Tuch. Hypnotisierend schauten alle auf dieses quadratisch dünne Stück Stoff, dass überwiegend zum Naseschnauben benutzt wird. Plötzlich öffneten sich die Fingerspitzen und langsam fing das Tuch an, sich zu Boden zu bewegen. Schwebend glitt es dahin, doch der leicht auffrischende Wind hetzte es immer wieder durch die Luft, ließ es wiederholt aufwirbeln, als wenn es eine Schneeflocke wäre, die sich zurück in ihre Wolke sehnte.

Gespannt schaute alle auf dieses Ereignis, auf dieses Paragliding ohne Pilot, dass dem uralten ekstatischen peruanischen Tanz Marinera glich, wo beide Tänzer ein weißes Taschentuch in den Händen halten und es im Rhythmus bewegen.

Endlich nach gefühlten Stunden berührte das Tuch den Boden und mit einem aufbrausendem Gejubel, hochgerissenen Armen, beschwingt in die Luft geworfenen

Zipfelmützen und jauchzender Fröhlichkeit, wurden die Rentiere angefeuert.

Während alle davon liefen, blieb doch glatt weg das Rentier Nummer vier stehen. Es schien so, als hätte es gerade eine spontane Laufinsuffizienz vermittelt bekommen. Der Betreuer fing an, das Tier an den Zügeln über den Parcours zu ziehen, doch es bewegte sich kaum.

»Hau ruck, riefen alle, hau ruck.«

Was für eine Taktik, was für ein Kampfgeist, doch wird diese Methode etwas mehr Zeit in Anspruch nehmen, da das Tier stur wie ein Esel war.

»Nummer vier zieht keinen Hering mehr vom Teller«, verkündigte die Lautsprecherdurchsage. »Er hat zwar schwach angefangen, aber stark nachgelassen und scheidet nun aus.«

Vier waren noch im Rennen und da ein jeder sein Rentier als Gewinner sehen wollte, versuchte man die Reiter seiner Konkurrenten mit weichen Schneebällen vom Tier zu holen und somit auszuschalten. Mit dieser simplen Waffe wurde das Rennen ausgebremst und bereits nach der Hälfte der Strecke, lagen zwei Betreuer am Boden und hatten somit keine Chance mehr das Rennen zu gewinnen.

Für den Nächsten hatte man ein rot

umrandetes, dreieckiges Schild aufgestellt, auf dem allem Anschein nach ein arbeitender Wichtel zu sehen war, der gerade einen schwarzen Stock in einem schwarzen Haufen gestoßen hatte. So ein Schild wird meistens als ein Hinweis auf eine Baustelle bezeichnet, könnte aber auch heißen: Hier gräbt jemand einem anderen eine Grube.

Als der Reiter das Schild sah, dachte er sich nichts dabei, doch einige Meter weiter standen rot/weiße Zuckerstangen quer über die Rennbahn aufgestellt, sodass er sein Rentier zügelte, wendete und dann in entgegengesetzter Richtung weiter ritt. Am Checkpoint schied er dann wegen Fehlverhalten aus.

Somit war nur noch einer im Rennen und für den hatte man einen Korb frischer arktischer Weide mitten auf die Rennbahn gestellt, um ihn damit vom Weiterlaufen abzulenken. Und siehe da, es funktionierte. Das Tier roch schon vom weiten den Schmaus, bremste ab und machte sich an den Korb zu schaffen. Dabei half kein hüh, kein hott, kein Yippie-Ya-Yaeh und auch kein Yahoo, das Tier blieb eigensinnig und fraß.

Das Rennen war damit gelaufen und alle waren nun gespannt, was die Jury zu soviel Fehlleistungen sagen wird. Ob sie dennoch zu einem Ergebnis gelang, ist ungewiss. Sie

hatten sich zwar reichlich Notizen gemacht, doch wird es für eine Entscheidung reichen? Im Moment sind sie noch kräftig dabei, über ein Zwischenergebnis zu diskutieren. Dann nach einer gefühlten Ewigkeit wurde das Resultat bekannt gegeben.

3,9 hatten sie gewertet, drei Komma neun für alle, was mit vielen erschreckenden Buh-Rufen geahndet wurde. Leider ist dies keine Diskothek, wo der DJ mit zwei Plattentellern arbeitet, wo, wenn die Stimmung in den Keller rast, er schnell auf den anderen Plattenteller wechseln kann und dort eine andere Scheibe abspielt.

»Da haben wir alle die Arschkarte gezogen«, dröhnte es wieder aus den Lautsprechern. »Aber wie ihr wisst, lassen sich die Ju-Ohren gerne auf einen Gesellschaftstanz ein und haben bei den ersten Ergebnissen noch Plätze nach oben freigelassen, für die morgige Disziplin. So das war alles für heute, äh ja für heute war das alles. Also seien wir auf den morgigen zweiten Wettkampftag gespannt, wenn es wieder heißt:

Willkommen beim Ersten
Grüezi Renntier Champignonschiff,
äh … oder so.«

## 14. Was für eine Gaudi, was für ein Spektakel, was für eine Dramatik, ja hier ist Spannung garantiert

Das Schneeballwerfen am gestrigen Tage war wie das Gemetzel an einer Schießbude auf dem Jahrmarkt, wo in einem Kugelfang bewegliche Silhouettenziele, die sich seitlich wegbewegen mit einem Luftgewehr umlegt und die dann auf der anderen Seite wieder hochkommen, als wäre nicht gewesen. Solche Konstruktion kann man leicht mit einer Fahrradkette, zwei Zahnrädern und einer Autobatterie nach basteln.

Bei dem Wettkampf hatte keiner das Ziel wirklich erreicht. Die meisten Reiter hielten den auf sie prasselnden Schneebällen nicht stand und fielen vom Tier, ein anderer ließ sich hinterhältig mit einem gut ausgedachten Plan in eine Falle locken und den Letzten überredete man mit feinem vegetarischen Schmaus.

Dennoch musste die Jury eine Wertung vornehmen, die über Sieg und Niederlage eine entscheidende Rolle spielen kann. Hierbei ist eine geringe Schwierigkeit mit guter Qualität mehr wert als eine höhere mit schlechter Qualität. Doch Qualität kommt von Qual und nicht von Qualle, wobei das Wort Qual wiederum auch als modernes Kurzwort von Qualität abgeleitet werden

kann. Tja man muss nicht unbedingt ein ganzes Schnitzel essen, um zu merken, dass es angebrannt ist.

»Und hier ist er wieder, euer Evolutions-Moderator live für euch dabei bei den Crazy Rentier Meisterschaften«, dröhnte es aus dem Lautsprecher. »Schon gestern hatte die erste der insgemein zwei Disziplinen stattgefunden und einige Überraschungen hervorgerufen. Trotz Widerstandskraft, Durchsetzungsvermögen und ethischer Gesinnung konnten die fünf Kontrahenten, in den Wirren des gestrigen unermüdlichen Kampfes, sich nicht für das Laufabzeichen qualifizieren, sich einfach nicht am Duft des Erfolges laben.

Dennoch vergaben die Kampfrichter mildtätigerweise für die hervorragende Choreografie, für die einzigartige, situationsbezogene, handlungsbetonte und künstlerische Performance und der unverwechselbaren Modern Talking Dissonanz, ganze 3,9 Punkte. Tja manche machen schon beim Zugucken Fehler.«

»Drei Komma neun Punkte ist doch ein gutes Ergebnis, wenn man bedenkt, dass die Bewertungszahlen gerade mal bis fünf gehen, oder?«, meinte Santa, der auch heute wieder seinen Platz neben Melvin eingenommen hatte und so dem Sportereignis ganz nahe war.

»Na ja im Schulwesen, wo die Benotung bis sechs geht, wäre es gerade mal ein ausreichend. In der Beaufortskala wäre es eine schwache bis mäßige Brise und im Leistungssport, da sollte man sich bei so einer Bewertung wegschämen. Am besten einen Münchhausen machen.«

»Einen Münchhausen?«

»Ja, das war doch dieser Lügenbaron, der auf einer Kugel nach Hause geflogen war.«

»Ach der, ja«, murmelte Santa sich in den Bart.

Heute ist der Tag, wo endgültig entschieden wird, ob überhaupt einer der Rentiere die Chance bekommt, Santas Schlitten durchs Firmament zu schleifen.

Doch zunächst müssen sie die colina peligrosa überstehen, den Höllentrip mit den versteckten Schlaglöchern, Bodenwellen und den Stellen, wo nichts mehr ist, aber vorher mal, was war. Hier wird auf äußerste Genialität und richtige Strategie gesetzt, auf Teamarbeit zwischen Fahrer, Rentier und natürlich dem Schlitten.

Der Auftaktmarsch ist heute eines der Highlights. Vor Beginn wurden die Sicherheitsvorschriften und der Ablauf der Disziplin besprochen. Dabei ist besonders darauf zu achten, dass rechtzeitig der Schwebeflug eingeleitet wird, bevor sie die

Demarkationslinie am Hügelauslauf erreichen. Dann wurde in einem Startnummern-Verfahren die Reihenfolge der Teilnahme ermittelt. Dabei wurden fünf nummerierte Kugeln in ein Gefäß gefüllt und anschließend gezogen. 2-4-3-5-1 hieß dann die magische Zahl. Hierbei handelte es sich nicht um eine von der Post zu Beförderungszwecken geliehene Zahl, sondern um die zufällig gezogene Reihenfolge der am Wettkampf teilnehmenden Rentiere.

Selbstbewusst marschierte der erste Betreuer, Wichtel Toll-Patsch, mit seinem Rentier zum Hügel und fing an, ihn mühsam, zusammen mit den schwer mit Eisblöcken beladenen Schlitten, zu erklimmen. Der in den letzten Tagen eingesetzte Schneefall hatte den Hügel mit einer dicken Decke aus Schneeweiß eingehüllt, sodass ein Vorankriechen nur im Schritttempo möglich war. Mit jedem Schritt versank man knöcheltief in dem kalten Pulver, was daraufhin in den Schuhen zu Eiswasser wurde. Rentiere hingegen haben da keine Probleme. Sie schweben förmlich mit ihren breiten spreizbaren Hufen über den Schnee.

»Wichtel und Elfen«, ertönt es wieder aus dem Brüllwürfel. »Ihr könnt euch gar nicht vorstellen, was für ein Gedränge da am

Hügel herrscht. Erst nach mehrmaligen Hinblicken konnte ich erkennen, dass es sich nicht um eine Horde von wild gewordenen Grizzlybären handelte, die versuchen verzweifelt den Gipfel eines gefrorenen Wasserfalls zu ersteigen, sondern das es unser Wichtel Toll-Patsch mit seinem Rentier und Schlitten ist, der mit akrobatischen Stampfen und umhertasteten Händen sich hinaufbewegt.

In der Tat ein etwas seltsamer Anblick ist es schon, das Rentier voran, dahinter der Schlitten und zu guter Letzt Wichtel Toll-Patsch mit Sonnenbrille. Ich muss schon sagen: Er sieht cool aus.«

Ja und irgendwann war er dann auch oben angekommen. Völlig aus der Puste schaute er hinunter, sah das Volk der Elfen und Wichtel, die aussahen, wie Stecknadel auf einem Nadelkissen.

Plötzlich fing einer an zu klatschen und im Nu entwickelte es sich zu einem tosenden Beifall für diesen staunenswerten Aufstieg. Es war, als wenn ein Sänger von der Bühne herunter schrie: *Seid ihr alle gut drauf*, und damit seine Grundnahrung eingefordert hatte: den Applaus.

Mit einer Sturmovation nach der anderen spornte das begeisterte Publikum ihren Favoriten an, denn ein jeder will als Wett-Sieger zelebrieren, um sich klar von den

Verlierern zu unterscheiden. Doch soweit ist es noch nicht. Noch bedienen wir uns der Vorfreude und die ist enorm. Sie wurde von Bravos und heftigen Gejubel begleitet.

Dann wurde es still. Eine akustische Meldung schallte durch den Wandler:

»Hier noch eine vertrauliche Info. Der Chef ist auch da, also bitte keine Vergleiche mit dem Rückhaltesystem eines Fiat Panda und dem Körperumfang von Santa. Danke.«

»Upps, das klingt aber nicht gut«, bemerkte Santa Claus und sah dabei Melvin an.

»Was?«

»Na das eben. Da sprach einer von meinem Körperumfang. Bin ich etwa zu dick?«

»Nein, wie kommst du denn darauf? Sieh dir mal den Schneemann da drüben an, der ist dick.«

Santa bemusterte von Weitem den Umfang des Schneemannes, schüttelte erschütternd den Kopf und sprach:

»Wen soll denn der Fettsack mit dem roten Mantel darstellen?«

»Äh … keine Ahnung«, log Melvin. »Aber das ist nur die Sparversion, es gibt noch ein Double, der braucht zum Gürtel umschnallen

einen Bumerang. Für den hatten wir allerdings nicht genügend Platz gehabt.«

»A-ha«, bemerkte Santa noch und richtete sein Augenmerk wieder dem Hügel zu.

Gespannt stand Teilnehmer Nummer zwei da und warteten auf das Zeichen von Elif und während Elif das Taschentuch zwischen den Fingern hielt, hielt er zum einen die Zügel und zum anderen ein Fernglas in der Hand. Er beobachtete genauesten das Taschentuch, um einen vorzeitigen Start zu vermeiden, denn wer will schon den strapaziösen Aufstieg nochmals wagen, auch wenn es zur Belustigung des Publikums dienen würde.

Dann öffneten sich die Fingerspitzen und das Tuch schwebte in der Luft. Als es auf dem Boden aufschlug, ließ Wichtel Toll-Patsch das Fernglas durch die Lüfte schweben und fuhr mit quietschenden Kufen bergab.

Das Publikum raste. Tosende Begeisterung mit zusätzlichen Adrenalinstößen brachten die Wichtel und Elfen fast in Trance. Sie sprangen, hüpften und jubelten den mutigen Schlittenpiloten zu, der in Furchtsamkeit und Kleinmut mit atemberaubender Geschwindigkeit den Hügel herunterraste und dabei Schreie aus seiner Kehle erklingen ließ, welche nicht

unbedingt als Freudenschreie bezeichnet werden könnte.

Doch bereits nach einigen Metern rutschte der Schlitten über eine Bodenwelle und wurde dabei zur Seite geschleudert. Der Schlittenpilot konnte sich nicht mehr halten, wurde hinausgeschleudert, landete aber unverletzt im weichen Schnee. Ein Aus, für diesen wagemutigen Kandidaten.

»So alle mal herhören«, sprach der Reporter der verrücktesten Rentier-Meisterschaft durch die Beschallungsanlage. »Die Nummer zwei hat soeben eine ungewollte Begegnung mit einer Bodenwelle gehabt und ist durch einen Rückstoß im hohen Bogen aus dem Schlitten katapultiert worden. Sie scheidet somit aus.«

Der Nächste stand bereits am Start. Und auch hier ging der Start reibungslos vonstatten. Doch da, das Rentier mit der Nummer vier hatte die leicht erhöhte Schanze erkannt und ist haarscharf an ihr vorbeigelaufen. Allerdings rumpelte der Schlitten mit einer Kufe darüber und bekam dadurch erhebliche Schräglage. Ein Fahrstil, der im Laufe der Jahrhunderte in Vergessenheit geraten war und heute nur noch von Stunt-Drivern in Hollywood Szenen fabriziert wird.

Auf einer Kufe versuchte nun die Startnummer vier, sich auf der Piste zu

halten.

»Wie geht das denn?«, erstaunte es einige Wichtel und Elfen.

»Was macht der da?«, verblüffte es die anderen.

Doch dann applaudierte das Publikum und das mit wachsender Begeisterung. Sie drehten förmlich auf, schleuderten eine Zipfelmütze nach der anderen mit teilweisen gezielten Würfen den Schlitten-Piloten entgegen.

Lange konnte der Schlitten sich in der Schräglage nicht halten und es dauerte auch nur Sekunden, dann schien es so, dass der Schlitten sich zurück auf die Kufen bewegen wollte. Doch wer das glaubt, ist schiefgewickelt, denn nach dem Murphy's-Gesetz, der Butterstullen-Fall-Theorie, muss alles schiefgehen, was nur schiefgehen kann. Und so fiel auch das Fuhrwerk nicht auf die Kufe, sondern auf die Seite.

Sofort bemerkte das Rentier die plötzlich erheblich ansteigende Last und war aufgrund des bereits erlangten Erschöpfungszustandes nicht mehr in der Lage, diesen Ballast weiter hinter sich herzuziehen. Es blieb einfach stehen. Dabei schaute es nach hinten, sah den Schlitten und den Piloten auf der Seite im Schnee liegen und es schien so, als würde es

hämisch grinsen.

»Eine neue Neuigkeit für alle, die es noch nicht wissen«, wurde zynisch und gehässig wie ein Herbstnachmittag durch das Horn geblasen. »Soeben ist der Schlitten mit der Nummer vier umgefallen und kann aus eigener Kraft nicht mehr aufstehen. Deshalb die folgende Regel: kein Mondscheinfusel mehr an die Karosserie-Chauffeure ausgeben. Nummer Vier scheidet ebenfalls aus.«

Somit waren nur noch drei im Spiel, drei die Hoffnungen schöpften, einer der Ersten zu sein. Waghalsig zog der Nächste den Schlitten den Hügel hinauf, nahm das Fernglas und beobachtete die Finger von Elif. Warten hieß es, bis der Lappen endlich fiel. Es ist wie das Warten im Sturm, um ein wahres Ereignis zu erleben oder bei einer Karambolage mit einem Eisberg dabei zu sein.

Dann die Zeit, die dabei vergeht. Sie ist genauso eine undankbare Erscheinung. Ständig bleibt sie stehen, so glaubt man zumindest. Man kann sie nicht sehen, nicht hören, riechen oder fühlen und dennoch ist sie da. Sie ist eine Belastung und eine Bedrohung zugleich und versühnt sich mit dem lästigen Warten.

Aber dann schwebte der Nasenfeudel zu Boden und Nummer drei konnte dem

begeisterten Publikum sein Können zeigen; seine Fähigkeit zu beweisen, mit Rentier und Schlitten umzugehen und mit einer ausreichenden Begabung der besonderen Art gesegnet zu sein, gekonnt verborgenen Hindernissen die kalte Schulter zu zeigen.

Man glaubt es kaum. Hastig und blitzartig raste die Nummer drei nun den Hügel herunter, als wenn er jedem Kontrahenten zeigen wollte, wie schnell aus einer Hand eine Faust werden kann. Doch durch den schnellfüßigen Galopp des Rentieres wurde der Schnee exponentiell aufgewirbelt und dem Schlittenpiloten voll ins Gesicht geschleudert, dass dieser die totale Sicht verlor.

Dem zumindest ein wenig Einhalt zu gebieten, zog er die Schlittenbremse, um die Geschwindigkeit etwas zu drosseln. Dabei hatte er nicht damit gerechnet, dass der Schlitten mit einem sicherheitsrelevanten, funktionsfähigen Tandem-Bremskraftverstärker ausgestattet war, der die Wirkung der Bremse erheblich unterstützt. Folglich riss die Anspannung des Rentieres und die Folge war, dass der Schlitten ins Schlingen kam, anfing sich zu drehen, den restlichen Hügel wie eine wütende, zerstörerisch wirkende Lawine hinab rutschte und sich der Zuschauermenge näherte. Doch die ließen

sich nicht auf den Zahn fühlen, wichen dem Himmelfahrtkommando aus, worauf letztendlich der Schlitten mitsamt dem Fahrer unversehrt in einer Schneewehe landete.

Wow, was für eine Gaudi, was für ein Spektakel, was für eine Dramatik, ja Spannung ist garantiert. Hier wurde das Gleichgewicht zwischen körperlich-geistiger Anspannung und geistig-körperlicher Entspannung gesucht, doch keiner konnte die Mitte finden, leicht gelassen und ruhig zu werden. Stürmische Rufe, Geklatsche und Gejohle hallten durch das Gefilde.

»Hallo ich bin's wieder«, schallte es durch das trichterförmige Gefäß in die Menge. »Bisher konnte sich keiner als Sieger qualifizieren. Somit stehen sich nur noch zwei Teilnehmer gegenüber, die Nummer fünf, die als klarer Favorit gilt und die Nummer …, äh …, ich kann das hier nicht lesen …, ah doch ja, die Nummer eins, der Individualist. Doch bevor es weiter geht, eine kleine Pause, um eine klärende Diskussion mit dem Klo …, na ja ihr wisst schon. Also bis später dann.«

Der Kraftakt der ersten drei Teilnehmer war erstmal beendet. Die Wichtel und Elfen, die auf die Nummer fünf gewettet hatten, blühten jetzt förmlich auf. Sie wissen, dass die unglückselige Nummer eins keinerlei

Chancen hat, das Turnier zu gewinnen. So ist es nun mal in der Sportgeschichte, wenn die Gegner zwei, vier und drei bereits zerstört am Boden liegen und nur noch ein Außenseiter einem gegenübersteht. Aber es gab auch Missverständnisse:

»Der Blödmann hat gesagt, die Nummer drei wäre eine todsichere Sache.«

»Es ist doch nur ein Spiel.«

»Soll das ein tröstlicher Gedanke sein? Ich muss jetzt die nächsten Tage morgens Teller waschen und abends mit dem Staubtuch winken.«

»Verlieren zu können, ist eine Fähigkeit, die man haben sollte«, mischte sich Melvin in die Kontroverse ein.

»Versuchst du mir mein Selbstvertrauen anzufeuern?«

»Nein! Aber niemand steht immer im Leben auf der Gewinner-Seite. Die Fertigkeit liegt darin, mit einem Lächeln zu verlieren. Und …, du bist bestimmt nicht der Einzige, der auf Nummer drei gesetzt hatte.«

»Hm …, stimmt. Von der Seite hatte ich es noch nicht gesehen, danke.«

Ja auch Wichtel und Elfen können verdrossen sein, wenn etwas schiefgegangen ist. Doch derartige Gemütsstimmungen halten eigentlich nicht

lange an, dann steht ihnen wieder der slapstickartige, burleske Schalk im Nacken und es fällt ihnen irgendein Unsinn ein, um andere und auch sich selber zum Lachen zu bringen.

»Und immer daran denken, ein Lachen lässt jeden Zorn vergehen«, sprach Melvin noch. »So und nun hol ich mir eine heiße Schokolade um meine Finger darin aufzuwärmen.«

Er stand auf und ging zu Annis Ausschankwagen. Zwei Wichtel standen davor und sinnierten über den Gewinner des sportlichen Ereignisses. Vermutungen wurden laut, Gerüchte machten die Runde, doch im Endeffekt wusste keiner, was wirklich los war. Anni wandte sich den beiden zu und bemerkte:

»Na tratscht ihr über die knackigen weiblichen Naturgeister aus der Logistikhalle?«

»Äh …, nein das nicht. Wir haben uns gerade überlegt, ob wir uns bis auf die Unterwäsche ausziehen und uns durchkitzeln.«

»Das ist nur ein Scherz«, agierte der andere Wichtel darauf echauffiert. »Wir haben uns noch nie gekitzelt …, das würden wir nie machen.«

»Schon klar, ähm, wie es auch sei. Kann

ich irgendwas was Gutes für euch tun?«

»Ja. Weißt du, ich habe einen neuen Wecker und würde ihn mir gerne morgen früh mit dir zusammen anhören.«

»Bist du nicht verheiratet?«, bemerkte Anni.

»Das ist meine Frau auch.«

»Eine heiße Schokolade«, unterbrach Melvin das Geplänkel, worauf die beiden Wichtel sich sofort verzogen.

»Danke, dass du mich gerettet hast«, sprach Anni.

»Keine Ursache. Manchmal glaube ich, dass sie sich zu viel mit den Eigenarten der Menschen beschäftigen.«

Daraufhin stellte Anni ihm das Heißgetränk hin, was er nahm und dann zu seinem Platz zurückging.

## 15. Und so wurde Rudolph, das neue Fronttier des weihnachtlichen Schlittengespannes

»Hallo hier ist wieder euer Berichterstatter, live vom schönen, ähm … äh … verschneiten Nordpol. In wenigen Minuten beginnt hier wieder das Ringen um den beliebten Platz als … äh … Schlittenführer. Möge der Bessere gewinnen und der Schlechtere verlieren.«

Die Nummer Fünf, der Favorit vieler, auch wenn er auf ungewöhnlicher Art und Weise und nicht ganz nach den Regeln des CRC, seinen Kampfgeist unter Beweis gestellt hatte, nahm bereits Aufstellung auf dem Hügel.

Er hatte ein Bandana mitgebracht und war gerade dabei, es sich um den Kopf zu binden sowie am Hinterkopf zu verknoten. Das machte ihn zu einem harten Burschen und zu einem Aussehen wie Captain Jack Sparrow.

Das Bandana, früher wurde es mal Kopftuch genannt, trug die Farben rot/grün/weiß, die Farben der Weihnacht, wobei grün Hoffnung und des Lebens bedeutet, rot dem Christentum geweiht wurde und weiß nicht nur die Farbe des Schnees, sondern auch die Farbe der Unschuld ist, wie das Unschuldslamm.

Kichernd vor Begeisterung wiegte er sich in den Hüften, schwang seinen Kopf rhythmisch hin und her und fing an Hacke, Spitze, Hacke, Spitze, eins, zwei, drei zu tanzen.

»So alle mal herhören, es geht gleich los«, kam eine Durchsage aus dem Lautsprecher und alles wurde ruhig. »Der Zweikampf kann beginnen. Die Nummer Fünf steht bereits an der Startlinie. Sobald das Taschentuch fällt, kann er sich als Erster keuchend den colina peligrosa hinunterstürzen. Und denkt alle daran, aus einem guten Gewinner wird nie ein Verlierer.«

Stille, Hochspannung, hunderttausend Volt und die Spannungen steigen. Es glich einer toten und leeren Stille, nur das tiefe Ein- und Ausatmen der Zuschauer war zu vernehmen. Man fühlte sich wie in einem Meditationsraum der Stille und Ausgeglichenheit. Es war unheimlich, wie ein abgestellter Ton, als wenn man eine CD mit Ruhe hören würde. Nichts war zu entdecken, außer weitere Stille und weiter blauer Himmel. War die Zeit etwa stehen geblieben?

Doch dann in einem Moment der Stille hörte man von irgendwo aus dem Publikum jemand rufen:

»Und vergiss nicht, wir haben alle auf

dich gewettet.«

»Genau, also enttäusche uns nicht«, brüllte ein Anderer.

»Und mach aus dem Gewinnspiel kein Verlierspiel«, rief ein Weiterer.

Dann fiel das Tuch und schon stürzte sich die Nummer fünf den Hügel hinunter und wich sämtlichen Hindernissen elegant aus. Das war auch kein großes Problem, denn er hatte sich die Stellen gemerkt, wo bereits seine vorangegangenen Teilnehmer gescheitert waren.

Das Publikum raste, ist aufgewühlt, für sie es ist Showtime, eine Show mit einem enormen Unterhaltungswert. Wagemutig, kühn und unerschrocken sprangen sie in die Lüfte.

Nummer Fünf erreichte den Auslauf des Hügels. Von hier aus hieß es nun, das Rentier zum Höhenflug zu animieren. Gespannt wartete alle, dass das Rentier abhebt, wie es fast schwerelos durch die Luft schweben wird, dabei an nichts denkt und dann wieder sanft und weich auf den schneebedeckten Boden aufsetzen wird und dahin gleitet, wie ein Curlingstein auf dem Eis.

Doch nichts geschah. Der Pilot von Nummer fünf, rief, schrie und brüllte, bat, bittet und flehte, ließ die Zügel

hochschnellen, sodass sie in der Luft peitschten, bevor sie wieder niederfielen, doch nichts passierte. Im rasenden Galopp bewegte sich das Gespann der Demarkationslinie entgegen. Und immer wieder die Befehle, die Anordnung, die Forderung, die Bitte, Anweisung und was es noch alles an ständigen, dringenden Wünschen eines Bedürftigen gab. Doch das Rentier machte keinerlei Anstalten sich überhaupt mit eigener Muskelkraft am Flugbetrieb zu beteiligen und erwies sich somit als fluguntauglich.

Dann auf ein Mal kurz vor der Zielgeraden, bremste das Tier jedoch ab und wich nach rechts aus, um nicht im Pulk der Juroren zu landen. Dabei flog im hohen Boden der Pilot von seiner Sitzbank, nahm während der Flugphase eine aerodynamisch günstige Lage ein und schwebte in unbeschreiblicher Eleganz, federleicht und ästhetisch über den mobilen heißen Schokoladen-Ausschankwagen von Anni hinweg.

Dabei nahm er im Vorbeiflug noch kurz die Aromen von gerösteten Macadamianüssen, fruchtigen Beeren, feinem Marzipan, edlen Zedernhölzern, orientalischen Gewürzen und der ausgewogenen Orangenblüte war, flog dann an dem Siegertreppchen vorbei, dass von

der Jury als Stuhl-Tisch-Stuhl Kombination genutzt wurde und steuerte direkt auf einen der beiden Schneemänner zu, die die Zielgerade schmückten.

Mit einem Kopfsprung, der überwiegend als Startsprung bei Schwimmwettbewerben genutzt wird, landete er letztendlich ungewollt im dicken Bauch des männlichen Schneemannes, der ihn daraufhin förmlich bis zu den Füßen begrub.

»Boah«, erstaunte es aus dem Publikum.

»Wie in einem dieser alten Slapstick-Filme mit Charlie Chaplin.«

»Charlie Chaplin?«, fragte einer. »Wer ist Charlie Chaplin?«

»Das war dieser Typ mit den alten Schuhen, der immer eine viel zu große Hose und eine zu kleine Jacke trug, dazu einen Bambusstock und einen runden Hut.«

»Ach ja den kenn ich …, ja genau …, der hatte so ein langes Pferdegesicht und grinste immer so, ohne seine Zähne zu zeigen.«

»Nein, den du meist, das war Stan Laurel.«

»Stan Laurel war dieser pompöse Möchtegern-Mann mit dem melonenförmigen Hut und den Zweifinger-schnurrbart.«

»Das war Oliver Hardy.«

»Quatsch Oliver Hardy war dieser Komiker mit dem ernsten, besonnenen Gesichtsausdruck und dem flachen Hut, der aussah wie eine Kasserolle.«

»Das wiederum war Buster Keaton.«

»Buster Keaton? Das war doch …«

Glücklicherweise würde dieses Rätselraten durch den Wortschmeichler unterbrochen, dessen unverkennbare Stimme durch die Beschallungsanlage dröhnte:

»Was für eine Aktion, was für eine Vorstellung. Da verschlägt es ja einem fast die Stimme. Man, ein hoch auf meine Kräuterbonbons, ohne die hätte ich schon längst das Handtuch geworfen. Aber so läuft es nun mal bei solchen sportlichen Disziplinen. Da werden selbst Rentiere zu Teamspieler und lassen den Schlittenpiloten höflichst den Vortritt. Aber was ist das …?«

Alle schaute zum Schneemann, zu der aus weißen kristallinen Wasser bestehenden Figur, aus dessen Bauch die Füße des Wichtels herausragten. Die Zuschauer blühten wahrhaftig auf, als das Bein zuckte, eine Hand zittern herauskroch und nach einem kurzen Stocken anfing, sich am Fuß zu kratzen. Im Nu hatte sich der Bruchpilot von der weißen Pracht befreit. Freudestrahlend hopste er auf einem Bein,

wie eine Hupfdohle.

»Da klei mir doch ener an de Feut«, sprach das ausgeprägte Sprechorgan des Kommentator-Dompteurs weiter. »Hier zeigt es sich wieder, dass das Umarmen eines so dicken Schneemannes schnell zu einem krankhaften Zucken aller Glieder führen kann und gleichzeitig auch zur Ausscheidung des Wettkampfes. Bleibt somit nur noch die Nummer eins.«

Und wie Recht er hatte. Der Letzte könnte der Erste werden. Da niemand großartig Hoffnungen hegte, fiel die Flennflagge ohne lange Verzögerung zu Boden und sofort machte sich das Gespann auf den Weg. Bei dem Start wurde soviel Energie von dem Rentier entwickelt, dass dem Schlittenpiloten fast die Arme ausgekugelt wurden.

Wie James Bond mit seinem legendären, rasanten und irrsinnigen Fahrverhalten, raste er den Hügel herunter. Nur noch wenige Meter und ein kurzer Sprint durch die Lüfte und es ist geschafft. Jetzt muss alles zu hundert Prozent, ja zu hundertfünfzig Prozent klappen, um auf dem Siegertreppchen die oberste Stufe zu besetzen.

Ein Lächeln zeichnete sich auf seinem Gesicht ab, ein typisches Gewinnerlächeln. Dabei gab er seinem Rentier die Order in

den Steigflug zu springen, um endlich abzuheben. Doch auch hier geschah nichts. Das Rentier hatte bereits den Hügelauslauf erreicht und …, es verlangsamte sein Tempo.

»Pfui«, riefen einige Wichtel und Elfen und pfiffen dabei energisch, als das Tier plötzlich stehen blieb.

»Hat man dir den Flugschein wegen Trunkenheit an den Zügeln abgenommen?«, rief ein anderer.

»Oder ist dir das Benzin ausgegangen?«, ging es dann weiter und wieder gab ein Wort das andere.

»Du bist hier nicht auf der Rentnerautobahn.«

»Dussel, desch is ke Gäsehitche mit een zwo Zölünder Mödoa, desch sei eine Bemmbix. Moch de Glubbschn uff, du Orschkrompe.«

Alle fingen wieder an zu lachen und legten dabei eine beeindruckende Jubelchoreografie hin, indem sie synchron ihre Arme in die Höhe hielten und hin und her schwenkten.

Ja es war wieder einer dieser Brüller, die genügen, um Jubelstürme und Lachsalven hervorzurufen. Scherze, Späße und Witze erfreuen sie immer wieder und fördern

dessen Lebensmut, die Arbeitsmoral, das Zusammensein, die Fröhlichkeit, Innigkeit und Hilfsbereitschaft. Sie müssen einfach lustig sein und eigentlich können sie auch gar nicht anders.

»Zum ersten Mal in einem Einmannrennen sehe ich jemand als Fünften ankommen«, bemerkte der Moderatorendarsteller. »Aber was sehe ich da? Habe ich Halluzis, leide ich an multipler Persönlichkeitsstörung oder …, nein es bewegt sich tatsächlich!«

Alle schauten in die Blickrichtung des Moderators und siehe da, das Rentier Nummer eins bewegte sich tatsächlich wieder, es setzte zweifellos ein Bein vor dem anderen und ging …

Es muss die Begeisterung des Publikums gewesen sein, die ihn so irritierte, dass er sich entgegen der Zielgeraden bewegte. Doch nein …, was sieht man da?

Es war nicht der Verlust der Orientierung, die ihn veranlasste, einen anderen Weg einzuschlagen, nein es war eine der Elfen aus den Zuschauern, die ihm ein Büschel saftige arktische Weide entgegenhielt.

»Tja meine lieben Freunde und Freundinnen. Auch ich fühle mich hingerissen von dem Sportereignis des gestrigen und heutigen Tages. Das erste

Crazy Reindeer Championship endete mit einem knappen null zu null. Damit haben wir fünf gleichmäßige Verlierer. Die Jury muss nun entscheiden, wie es weiter gehen soll.«

Ein Raunen ging durch die Menge, ein Flüstern, kaum hörbar und doch verständlich genug, um den Missmut zu erkennen. Es war schon ein außergewöhnliches Ereignis mit mythologischen Helden.

Doch da, was ist das? Vom Hügel scheint ein rotes Licht herunter, ein Licht, wie es noch nie gesehen wurde. Alle Sterne leuchteten, der Schnee sah aus wie Silber, die Hügel warfen schwarze Schatten und dann dieses Licht. Ist es eine mobile netzunabhängige Lichtquelle, ähnlich einer Taschenlampe oder gar … einer Stirnlampe?

»Was ist das?«, fragten sich einige Elfen und Wichtel. Ein anderer wiederum meinte:

»Das ist eine rote Ampel, da wartet jemand auf grün.«

»Quatsch, das ist das rote Höschen von Supermann.«

»Ja Rot und Blau schmückt die Sau.«

Es war wieder einer dieser Situationen, wo ein Wort das andere gab, wo ein Schenkelklopfer den nächsten ablöste, wo ein Knaller auf den anderen folgt, wo alles durch den Kakao gezogen wurde.

Melvin stand auf und kniff die Augen ein wenig zusammen, um die Randstrahlen auszublenden und damit die Darstellung zu verbessern. Er ahnte etwas und plötzlich wusste er es bestimmt. Es hatte weder mit der Lichtquelle einer Taschenlampe noch mit einer Stirnlampe zu tun, es war ein Wesen, das er kannte.

Gleich daneben erkannte er die Silhouette von Nereus, der mit beiden Händen und Armen gestikulierend herumfuchtelte. Leicht beängstigt stand Melvin da, machte sich Sorgen, weil er ahnte, was Rudolph vorhatte, nämlich in die Fußstapfen seine Artgenossen zu treten.

Santa schaute Melvin an, sah seinen beängstigten Gesichtsausdruck und fragte:

»Hey was ist los? Du siehst aus, als wenn dir eine Laus über die Leber gelaufen ist.«

»Äh … über was?«, entgegnete Melvin, etwas geistesabwesend.

»Über die Leber … das ist ein großes drüsenartiges Organ in deinem …«

»Ich weiß, was eine Leber ist«, unterbrach Melvin.

»Ja und? …, wer ist dir da rüber getrampelt?«

»Keiner, wie kommst du darauf?«

»Du siehst aus, als wenn du nonstop den Hügel hinauf laufen wolltest.«

»Quatsch, ich staune nur über das Licht da oben.«

Und dann passierte es. Allen voran bewegte sich das Licht den Hügel hinunter und kurz vor der ebenen Fläche, erhob es sich und schwebte durch die Lüfte. Ja es war Rudolph, der gekonnt über den Parcours hinweg flog, über den Köpfen der Wichtel und Elfen, die erstaunt, mit aufgerissenen Augen und Mündern dastanden und nicht wussten, was ihnen geschah.

»Oooooh«, erstaunte es den einen.

»Was ist das?«, verblüffte es den anderen.

»Olala«, den Nächsten.

Doch die meisten fanden einfach keine Worte. Fassungslos standen sie da und folgten mit scharfen Blicken dem fliegenden Geschöpf.

Langsam setzte er zu einer weichen Landung an. Jetzt erst sah man, dass man ihn vor einem klapprigen Holzschlitten gespannt hatte und diesen mit einem Sack voller Kartons belud, um auch ihm das Gefühl eines vollwertigen weihnachtlichen Schlittengespannes zu vermitteln.

Sofort erhob sich Santa und ging auf

Rudolph zu. Melvin folgte ihm, denn gleich wird er mit Fragen über Fragen bombardiert, die zu klären sind. Doch seine Schritte waren einfach zu groß für Melvin, dass dieser schon fast laufen musste.

»Santa, Santa, warte ein Moment, ich muss mit dir reden.«

»Nicht jetzt«, folgerte es.

»Doch jetzt!«

Zu spät. Santa stand bereits vor Rudolph, streichelte ihn über den Kopf und kraulte ihn am Hals. Dabei sprach er:

»Hallo Rudolph, alles klar?«

Melvin setzt eine überraschende Miene auf, als er die Worte hörte. Fassungslos stand er da und überlegte, ob er richtig gehört hatte oder ob er an einer Wahnvorstellung leidet. Doch dann sprach er verdutzt:

»Du kennst Rudolph?«

»Ja warum nicht. Ich bin Santa und Santa weiß alles, nicht wahr Rudolph? Du hast Großes vollbracht, mein Kleiner, hast dich wacker geschlagen, ich bin richtig Stolz auf dich. Dein Mut soll belohnt werden und deshalb will ich dich vor alle den Elfen und Wichtel fragen, ob du Lust hättest, nächste Weihnachten zusammen mit Dancer, Dasher, Vixen, Prancer, Cupid, Comet, Blitz

und Donner meinen Schlitten zu ziehen?«

Und da war wieder die Bestätigung, dass Rudolph jedes einzelne Wort verstand, dass er wusste, was solche Worte bedeuten. Freude stieg in ihm auf und brachte seine Nase wieder mal zum Leuchten.

»Ja«, sprach Santa daraufhin, »dann soll es auch so sein.«

Und so wurde Rudolph, über den Lieder gesungen und Geschichten erzählt werden, das neue Fronttier des weihnachtlichen Schlittengespannes.

Weitere Bücher zu beziehen über
www.bod.de oder über Buchhandel mit
ISBN: 978-3-7386-5174-4

Es war die Neugier, die den Kater auf die Straße trieb, um zu prüfen, ob es noch andere Räume gibt, die er kolonisieren könnte. Dabei wurde er von einem Schäferhund erblickt, der Jagd auf ihn machte, ihn in ein offenstehendes Kurierfahrzeug trieb, der daraufhin wegfuhr.

Viele Kilometer weiter hielt der Wagen wieder an, die Hecktür wurde geöffnet und der Kater sah seine Chance, zu türmen.

Er befand sich nun in einer für ihn unbekannten Gegend und wusste nicht, wie er nach Hause kommen sollte. Auf seiner Suche begegnete er Menschen, die eine sehr eigenartige Ansicht über das Weihnachtsfest haben.

Fast schon resigniert traf er einen weihnachtlich kostümierten Mops, der ihm erzählte, das jedes Jahr ein Mann mit einem von Rentieren gezogenen Schlitten reist, großzügig Geschenke verteilt und somit alle Adressen kennen müsste.

Solche Informationen setzten enorme Kraftreserven frei und so kämpfte er sich weiter durch ein Schneegestöber, das ihn immer wieder bis zum Halse begrub.

ISBN:978-3-7412-4216-8

Seit Generationen schon reist ein Mann namens Santa Claus im rot/weißen Kostüm, mit Rauschebart, Brille und einem gütlichen Lächeln am Heiligabend durch die Gegend und beschenkt brave Kinder. So entstand mit der Zeit der Eindruck, dass Santa Claus unsterblich wäre.

Tatsächlich aber muss auch Santa Claus für die Evolution mit der Fortpflanzung

sorgen, denn nur so kann er die Identität des Weihnachtsmannes von Generation zu Generation weitergeben, damit die Weihnachtsdynastie nicht ausstirbt.

Auf der Suche nach der entsprechenden Partnerin landete er beim Speed Dating, beim Blind Date, bei Kontaktanzeigen bis hin zur Singlebörse für Partnersuchende im Internet. Doch das alles brachte nichts, bis ihm eine Elfe auffiel, die als Einzige in einem Pulk ihres Gleichen wie eine einzelne Blume auf einer grünen Wiese herausschaute.

Hier dein Kaffee …, mit wenig Zucker … aber viel Sahne, waren die wundervollen Worte, die ihn irgendwann … den Kopf verdrehten und sein Herz wie eine Nähmaschine rattern ließ.

ISBN: 978-3-7448-7116-7

Der Unterschied zwischen Melvin und Santa Claus ist, dass Melvin morgens um fünf Uhr wach werde und sein Körper "hui" ruft, während Santa sich noch mal umdreht und meint: »Was soll der Scheiß, so früh aufzustehen … ich hab ja Melvin.«

Melvins Aufgabe ist es, für den reibungslosen Ablauf des Vertriebes, der Inventur und sämtlicher innerbetrieblichen

Vorgänge zu sorgen. Doch was passiert, wenn ihm am Heiligabend eröffnet wird, dass der Schlitten defekt ist, dass einige Geschenkanhänger vertauscht wurden, dass Rudolph krank im Stroh liegt, der Arzt aber mit dem Schneepflug einen Ausflug macht und somit auch die Rollbahn nicht vom Schnee befreit werden konnte, dass die Prognose der Wetterplaudererstation auf einen Sturm hindeutet und das das Waisenheim nun auf Süßigkeiten verzichten muss?

AF284884